CASTLE FREEMAN
HERREN DER LAGE

Roman

Aus dem Englischen
von Dirk van Gunsteren

Carl Hanser Verlag

Die amerikanische Originalausgabe erschien 2020
unter dem Titel *Children of the Valley* bei
Farrago Books in Richmond.

1. Auflage 2021

ISBN 978-3-446-27075-6
© Castle Freeman, 2020
Alle Rechte der deutschen Ausgabe
© 2021 Carl Hanser Verlag GmbH & Co. KG, München
Umschlag: Peter-Andreas Hassiepen, München
Motiv: © plainpicture/Reilika Landen – Kollektion Rauschen
Satz: Eberl & Kœsel Studio GmbH, Krugzell
Druck und Bindung: CPI books GmbH, Leck
Printed in Germany

MIX
Papier aus verantwortungs-
vollen Quellen
FSC® C083411

**HERREN
DER LAGE**

RHUMBAS DEESKALATION

Neun, nein, zehn Fahrzeuge standen vor dem Kruger-Haus, auf dem Rasen, auf der Straße, in der Zufahrt: zwei vom Sheriff Department, vier von der State Police, darunter eins, das als »Einsatzleitung« markiert war, zwei Rettungswagen, der zweitbeste Löschzug der Feuerwehr von Cardiff und ein Servicewagen der Telefongesellschaft. Die Ersten waren schon seit einer halben Stunde da. In der Zwischenzeit war nichts geschehen, alles war unverändert, und so warteten sie. Sie warteten darauf, dass sich irgendwas tat. Sie warteten auf mich.

Ich parkte meinen Pick-up an der Straße und ging zu ihnen, wobei ich darauf achtete, dass die Polizeiwagen sich zwischen mir und dem Haus befanden. Es war ein kleines Haus, das einen Anstrich brauchte. Genau genommen brauchte es einen Anstrich und einen reichen Besitzer, würde aber keins von beiden bekommen. Wir nannten es das Kruger-Haus, da es früher einem gewissen Kruger gehört hatte. Wem es jetzt gehörte, wusste ich nicht; es war vermietet. Eineinhalb Etagen, also schwer zu sehen, was oben passierte. Nicht gut. Vorn und hinten ein kleiner Garten, sonst nichts als Wald. Keine direkten Nachbarn. Gut.

Dwight Farrabaugh, Einsatzleiter und Captain der State Police, stand mit dem Feuerwehrhauptmann hinter dem Löschzug auf der Straße. Normalerweise würde sich ein Captain nicht zu einem Einsatz bei einem augenscheinlich ganz normalen häuslichen Streit herablassen, aber in diesem Fall waren angeblich Schusswaffen und minderjährige Kinder im Spiel. Bei Waffen in Verbindung mit Kindern werden alle sehr aufgeregt, einschließlich der Presse. Und darum beehrte uns Dwight mit seiner Anwesenheit.

Wingate war ebenfalls da. Offenbar war er aus dem Altersheim ausgebrochen und mit der Feuerwehr gekommen. Ich ging zu ihnen.

»Ah, da ist ja der Abreger«, sagte Farrabaugh. »Wo zum Teufel hast du gesteckt?«

»Ich hab auf der faulen Haut gelegen«, sagte ich. »Wie du. Hallo, Chief. Wo ist der neue Löschzug?« Die Feuerwehr von Cardiff hatte kürzlich einen neuen Wagen angeschafft und benutzte ihn für die meisten Einsätze, damit die Bürger, die dafür tief in die Tasche gegriffen hatten, ihn auch zu sehen bekamen, aber heute war er wohl in der Feuerwache geblieben.

»Ich will keine Löcher in meinem nagelneuen Löschzug«, sagte der Chief. »Besonders nicht von einem Penner wie Rhumba.«

»Leuchtet mir ein«, sagte ich. Und dann zu Wingate: »Ich denke, du bist im Ruhestand.«

Er zuckte die Schultern. »Wie du siehst«, sagte er.

Ich blickte mich um. Drei von der State Police standen am Waldrand und beobachteten das Haus mit Ferngläsern. Die Deputys waren vermutlich auf der anderen Seite und taten dasselbe. »Also«, sagte ich, »um was geht's? Wieder mal Rhumba, nehme ich an.«

»Genau der«, sagte Dwight.

»Rhumba und wer noch?«

»Seine Frau. Und drei von ihren Kindern, vielleicht auch mehr. Drei, von denen wir wissen: zwei kleine, ein mittelgroßes.«

»Und die sind oben?«

Dwight nickte.

»Wissen wir, wie's da drinnen aussieht?«

»Klar. Seine Frau hat ein blaues Auge. Sie hat sich in eine Ecke verkrochen. Die Kinder sind unter dem Bett.«

»Schlaue Kinder«, sagte ich. »Und Rhumba?«

»Unten. Er hat das Sofa vor die Vordertür geschoben und ist dahinter oder zumindest in der Nähe. Er geht herum.«

»Hintertür?«

»Führt in die Küche. Wir können in zehn Sekunden drin sein. Aber natürlich nur mit dem vollen Programm.«

»Natürlich«, sagte ich. »Aber lass uns die Sache erst mal langsam angehen. Okay?«

»Immer dasselbe mit dir«, sagte Dwight.

»Erst mal«, sagte ich.

»›Erst mal‹ heißt *kurz*, stimmt's?«

»Natürlich«, sagte ich. »Waffen?«

»Eine Schrotflinte«, sagte Dwight.

»Sagt er«, sagte Wingate.

»Habt ihr sie gesehen?«, fragte ich.

»Nein«, sagte Dwight. »Aber letztes Mal hatte er eine. Wenn du dich erinnerst.«

»Ich erinnere mich«, sagte ich. »Haben wir eine Verbindung?«

»Da drüben«, sagte Dwight und zeigte auf den Servicewagen der Telefongesellschaft.

»Na dann«, sagte ich.

Ich saß im Fahrerhaus des Servicewagens, wartete darauf, dass Rhumba abnahm, und trank lauwarmen Kaffee aus einem Pappbecher. Irgendwie hatte Wingate Kaffee aufgetrieben. Wenn man vierzig Jahre bei der Polizei ist, kriegt man zwar nicht jeden Verbrecher, aber immer einen Kaffee. Wingate saß neben mir und hörte mit.

»Hallo?«, ertönte Rhumbas Stimme.

»Earl?«, sagte ich. »Earl, hier ist Lucian Wing. Wie geht's dir da drinnen?«

»Leck mich«, sagte Rhumba. Er mochte es nicht, wenn man ihn mit seinem richtigen Namen ansprach.

»Okay, Rhumba«, sagte ich. »Wer ist sonst noch da?«

»Alle«, sagte Rhumba. »Die Schlampe, die Bälger, die ganze Bande.«

»Drei Kinder also?« Ich sah Wingate an. Er trank seinen Kaffee.

»Das fragst du mich?«, sagte Rhumba. »Aus jedem Baum fällt einer von euren Affenärschen, die mich ausspionieren sollen. Sag du mir doch, wie viele hier sind.«

»Wir haben drei Kinder gesehen.«

»Haha«, sagte Rhumba, »es sind aber vier. Vier und die Schlampe – alles eine Pampe, haha.«

»Der war gut«, sagte ich. »Was hast du vor?«

»Was denkst du denn, was ich vorhab?« Rhumba schien sich zu räuspern.

Ich erhöhte den Druck. »Rhumba?«

Er machte ein kleines Geräusch – es hätte ein Husten sein können, vielleicht auch ein Schluchzen. »Ich bring sie alle um«, sagte er.

»Okay«, sagte ich. »Okay, Rhumba, das ist angekommen. Ich höre dich klar und deutlich. Aber wir sind doch nicht in Eile, oder? Lass uns ein bisschen langsamer machen und verschnaufen.«

»Dann verschnauf doch«, sagte Rhumba. »Ich hab's dir gesagt: Diesmal mach ich ernst.«

»Ich weiß, dass du nicht willst, dass den Kindern was passiert«, sagte ich.

»Du hast nicht den Furz einer Ahnung, was ich will oder nicht will«, sagte er. »Du sagst zwar, du weißt es, aber das stimmt nicht. Du weißt es nicht.«

»Stimmt«, sagte ich. »Das weiß ich nicht.«

»Ich hab's so satt«, fuhr Rhumba fort, »ich hab's so scheißsatt.«

»Ich weiß, Rhumba«, sagte ich. »Wir alle wissen das. Was du durchgemacht hast ... Jeder andere wäre durchgedreht.«

»Und jetzt drehe *ich* durch«, sagte Rhumba.

»Ich weiß, Rhumba. Wir alle wissen ... äh, Moment mal, bleib dran.«

Ich deckte mit der Hand die Sprechmuschel ab und sah Wingate an. »Betrunken ist er nicht«, sagte ich. »Hört sich jedenfalls nicht so an.«

»Nein«, sagte Wingate.

»Ich wollte, ich wüsste, ob er da drinnen wirklich eine Waffe hat wie damals«, sagte ich.

»Ich wollte auch, du wüsstest es«, sagte Wingate. »Der junge Dwight wird bald unruhig werden. Nicht mehr lange, dann heißt es: raten und reingehen.«

»Raten und reingehen«, sagte ich.

»Soll ich mal raten?«, sagte Wingate. »Er hat keine.«

»Woher weißt du das?«

»Ich weiß es nicht. Wenn ich's wüsste, müsste ich nicht raten.«

»Tja«, sagte ich, »ich muss ihn auf einen anderen Kurs bringen.«

»Versuch's mit einem neuen Spiel«, sagte Wingate.

»Könnte ich tun«, sagte ich. »Meinst du, es funktioniert?«

»Es gibt nur eine Möglichkeit, es rauszufinden.«

»Earl?«, sagte ich in den Hörer. »Earl? Bist du noch dran?«

»Leck mich.«

»Wir haben uns hier unterhalten und versucht, uns zu erinnern, wie das war mit dem Haus.«

»Haus? Was für'n Haus?«

»Dein Haus. In dem du jetzt gerade sitzt. Du hast es gemietet, stimmt's?«

»*Was?*«

»Dein Haus. Das Haus, in dem du wohnst – du hast es gemietet, stimmt's? Es gehört noch immer diesem Kruger, oder?«

»Wovon redest du eigentlich?«, fragte Rhumba. »Hast du mich nicht gehört? Ich hab gesagt ... ich hab gesagt, ich bring sie alle um. Ich hab's satt, und ich mein's ernst.«

»Das hab ich verstanden, Earl«, sagte ich. »Aber ich hab dich nach dem Haus gefragt. Bist du Mieter? Und wer ist der Eigentümer? Noch immer Kruger?«

»Nein«, sagte Rhumba. »Der heißt Brown.«

»Brown?«, fragte ich ihn. »Der Brown, der am Diamond eine Jagdhütte hatte? Dessen Bruder in Vietnam gefallen ist? Wendell Brown?«

»Wer? Was?«

»Dein Vermieter, Earl«, sagte ich. »Hilf mir mal eben: Ist das nicht der, dessen Bruder gefallen ist? Die hatten eine Jagdhütte. Brad McKinnon hat da vor Jahren mal einen Zehnender erlegt.«

»Stimmt«, sagte Rhumba. »Mein Dad war dabei und hat gesagt, das war ein Mordshirsch. Aber er heißt nicht Wendell, sondern Wayne.«

»Wer?«, fragte ich ihn.

»Der Typ mit der Jagdhütte, wo KcKinnon –«

»Was für eine Jagdhütte?«

»Die Jagdhütte, von der wir gerade geredet haben«, sagte Rhumba. »Die am Diamond.«

»Ach so«, sagte ich, »*die* Jagdhütte.«

»Wie viele Jagdhütten gibt's denn da?«

»Eine ganze Menge.«

»Ach, leck mich, Lucian«, sagte Rhumba.

»War bloß eine Frage«, sagte ich, »damit alles klar ist. Du kennst mich ja: Ich find's gut, wenn alles klar ist.«

»Lucian?«, sagte Rhumba.

»Ja, Earl.«

»Das ist eigentlich eine ziemliche Scheißsituation hier.«

»Ich weiß.«

»Manchmal«, sagte Rhumba, »ist alles einfach Scheiße.«

»Stimmt«, sagte ich. »Wie wär's, wenn du jetzt rauskommst? Damit wir alles bereden können und sehen, was sich da machen lässt. Wenn du dich irgendwie unwohl fühlst, kannst du jederzeit wieder reingehen. Keine Tricks.«

»Einfach Scheiße«, sagte Rhumba. »Bis gleich, Lucian.« Er legte auf. Aus dem Haus war ein Rumpeln und Schleifen zu hören: Rhumba entfernte die Sofabarrikade an der Tür. Wingate schüttete den Rest seines Kaffees aus dem Fenster des Servicewagens. »Das war's dann wohl«, sagte er. »Ich hab ihn übrigens auch gesehen. Den Hirsch. Das war wirklich ein Mordsvieh. Wo fährst du jetzt hin?«

»Zurück ins Büro«, sagte ich.

»Kannst du mich absetzen?«, fragte Wingate.

»Und wieder einmal hat der Abreger abgeregt«, sagte Dwight Farrabaugh. »Ein weiterer zufriedener Kunde.«

Rhumba saß auf dem Rücksitz eines Wagens der State Police und wurde befragt. Zwei Deputys hatten das Haus durchsucht: keine Flinte, auch keine anderen Schusswaffen. Gut. Zwei vom Jugendamt sprachen mit Mrs Rhumba und den Kindern. Es waren vier, wie Rhumba gesagt hatte, und alle sahen unversehrt aus. Auch das war gut.

Dwight packte zusammen. Er klopfte mir auf die Schulter. »Danke, Lucian«, sagte er. »Ich weiß nicht, wie du das machst.«

»Ich hab eben ein Naturtalent für Improvisation«, sagte ich.

»Eher ein Naturtalent für Stuss«, sagte Dwight, ging zu seinem Einsatzleiterwagen und war weg.

Tja, da hat er wohl recht, der gute Dwight. Aber der Stuss ist nicht die Hauptsache. Er dient einem Zweck, und der Zweck ist: Langeweile. Ungeduld. Erschöpfung. Leute, die wie Rhumba mit dem Rücken zur Wand stehen, verbrauchen eine Menge Energie. Sie ermüden schnell. Sie wollen vor allem, dass was passiert, irgendwas. Sie sind bis zur Spitze des Fahnenmastes geklettert, und jetzt wissen sie nicht, wie es weitergeht. Sie wissen nicht, wohin. Sie wissen nur: Es muss was passieren. Sie wollen eine Entscheidung. Sie wollen ein Ereignis. Mein Job ist, dafür zu sorgen, dass sie keins kriegen. Stattdessen kriegen sie Stuss. Sie kriegen vollkommen unwichtigen Kram. Sie kriegen Gequatsche, und das wandert von irgendwo nach irgendwo und wieder zurück. Es dauert nicht lange, und der Bequatschte ist so gelangweilt, so benebelt von dieser Unmenge Stuss, dass er von dem Fahnenmast herunterkommt, nur damit es aufhört. Und er kommt friedlich. Es ist eine Methode. Sie ist nicht besonders spektakulär, aber oft funktioniert sie, und wenn sie funktioniert, gehen alle ruhig nach Hause.

Die Lehrer an den Polizeischulen nennen diese Methode »Deeskalation«. Dwight Farrabaugh und andere nennen sie »Abregen«. Wingate nennt sie gar nicht, aber er hat sie mir beigebracht. Wie man sieht, tut er das noch immer, und obwohl ich seinen Rat schätze, muss ich zugeben, dass ich mir manchmal wünsche, er würde sich raushalten. Wingate war vierzig Jahre lang Sheriff unseres Countys. Er hat mich als Deputy eingestellt, und als er sich vor zehn, zwölf Jahren zur Ruhe gesetzt hat, hab ich den Job von ihm übernommen. Ziemlich bald stellte ich fest, dass Wingate seine eigenen Vorstellungen von Ruhestand hat. Ruhestand ist keine Tatsache, sondern ein Gemütszustand, und zwar einer, in dem Wingate sich praktisch nie befindet. Wingate hat sich öfter zur Ruhe gesetzt als Frank Sinatra – kaum hat er es bekanntgegeben, schon ist er wieder da. Und wer soll ihm schon sagen, dass das nicht geht? Wenn Frank Sinatra nach Las Vegas fährt und sagt, er würde gern ein paar seiner alten Lieblingslieder singen – wird Las Vegas dann sagen, er soll sich schleichen? Frank hat Las Vegas aufgebaut. Die Stadt gehört ihm. Und dort singt er, wann immer er Lust dazu hat. Dasselbe gilt in unserem Tal für Wingate. Die Weigerung, sich zur Ruhe zu setzen, ist allerdings das Einzige, was Wingate mit Frank Sinatra gemeinsam hat. Jedenfalls fällt mir sonst nichts ein. Andererseits kenne ich Frank ja nicht. Vielleicht gibt es noch mehr Gemeinsamkeiten.

Ich setze Wingate vor dem Eingang des Steep Mountain House ab. Er stieg aus und blieb, die Hand an der Tür, stehen.

»Wie geht's Clementine?«, fragte er.

»Prima«, sagte ich. »Ging ihr nie besser.«

»Mh-hm«, sagte er. »Schön sauber bleiben, mein Junge. Gut gemacht, das mit Rhumba. Bis dann.« Er drehte sich um und ging zum Haus. Er ging langsam, und ich sah, dass er seinen Stock benutzte. Wingate ist kein junger Hüpfer mehr.

QUELLEN

Das Sheriff Department und damit auch mein Büro war kürzlich aus dem Gerichtsgebäude, wo es hingehörte, in die ehemalige Schule des Bezirks 4 in South Cardiff verlegt worden. Die Gemeinde hatte eine schöne neue Grundschule bauen lassen. Die alte war so klein und heruntergekommen und verstieß gegen so viele Bauvorschriften, dass es sich nicht lohnte, sie zu renovieren – also bekamen wir sie und dürfen sie benutzen, bis sie irgendwann einstürzt. Man hätte unsere Wache im Außenklo untergebracht, wenn es so was noch gäbe. In der Welt der Strafverfolgung sind Sheriffs, zumindest in unserem Staat, so was wie die armen Verwandten. Wenn Suppe ausgegeben wird, stehen wir ganz am Ende der Schlange, und wenn wir dann schließlich an der Reihe sind, schwimmen nur noch ein paar Knochen in der grauen, trüben Brühe.

Nachdem ich Rhumba deeskaliert und Wingate nach Hause gebracht hatte, fuhr ich zurück zum Department. Auf unserem kleinen Parkplatz stand eine lange schwarze Limousine, ein Schiff, das eigentlich auf der Fifth Avenue in zweiter Reihe hätte parken sollen anstatt vor einem baufälligen Sheriff Department in der Provinz. In dem Wagen saß ein Chauffeur: schwarzer Anzug, weißes Hemd, schwarze Krawatte, Schirmmütze. Als ich auf den Parkplatz fuhr, stieg er aus und öffnete eine der hinteren Türen, um seinen Passagier aussteigen zu lassen.

Der war ein hochgewachsener Mann in den Fünfzigern, stämmig und gut gekleidet. Er trug einen dunklen Nadelstreifenanzug und eine rote Seidenkrawatte. Auch er hätte auf der Fifth Avenue in zweiter Reihe parken sollen. Als ich auf ihn zuging, sagte er: »Sind Sie der Sheriff?«

Ich nickte. »Lucian Wing«, sagte ich und streckte ihm die Hand hin. Aber ihm lag offenbar nichts an guten Manieren. Er reichte mir eine Visitenkarte.

> Carl Armentrout
> Assistent für besondere Aufgaben
> LORD ENTERPRISES LTD.
> New York Los Angeles London

»Mr Armentrout«, sagte ich, »Sie sind weit ab vom Schuss.«
»Gehen wir in Ihr Büro«, sagte Armentrout.
O-oh. Ganz geschäftsmäßig. Aber okay. Klar. Warum nicht?
Am Eingang ließ ich Carl Armentrout den Vortritt und führte ihn am Tresen vorbei, hinter dem Evelyn am Funktisch saß. Als sie Mr Armentrout sah, flogen ihre Augenbrauen wie zwei aufgescheuchte Rebhühner in Richtung Haaransatz. Leute von Armentrouts Kaliber kriegen wir in unserer bescheidenen Hütte nur selten zu sehen. Ich zwinkerte Evelyn zu und ging voraus durch den Flur und in mein Büro. Dort bot ich Armentrout den Besucherstuhl an und wollte mich an den Schreibtisch setzen, doch Armentrout sagte: »Moment, Sheriff – schließen Sie bitte die Tür.«
Okay. Gut. Ich ging zur Tür, machte sie zu und setzte mich.

Armentrouts Visitenkarte legte ich auf die Schreibunterlage.

Armentrout wies mit dem Kinn auf die Karte. Er räusperte sich. »Sheriff«, sagte er, »ich vertrete Rex Lord aus New York. Sie kennen den Namen.«

»Tut mir leid«, sagte ich. »Wer ist Rex Lord?«

»Kommen Sie schon, Sheriff. Lord Enterprises?«

Ich schüttelte den Kopf.

»Lord Properties?«

Wieder schüttelte ich den Kopf. »Das hier ist ziemlich tiefe Provinz, Mr Armentrout«, sagte ich. »Wir kriegen nicht alles mit.«

Armentrout lächelte dünn. »Ich wusste nicht, wie tief die Provinz sein kann.«

»Aber zum Glück können Sie mich aufklären«, sagte ich. »Wer ist Rex Lord?«

Armentrout wedelte ungeduldig mit der Hand. »Ich habe keine Zeit, das *Who's Who* mit Ihnen durchzugehen, Sheriff«, sagte er. »Sagen wir einfach: Mr Lord ist ein sehr bedeutender Mann. Ein sehr mächtiger Mann. Und ein sehr besorgter Mann. Deswegen bin ich hier.«

»Was macht ihm denn Sorgen?«

»Seine Stieftochter Pamela.«

»Und warum macht er sich Sorgen um sie?«

»Sie ist verschwunden«, sagte Armentrout. »Niemand weiß, wo sie ist. Niemand hat von ihr gehört.«

»Wie alt ist sie?«, fragte ich ihn.

»Siebzehn.«

»Und seit wann wird sie vermisst?«

»Seit Dienstag.«

»Drei, vier Tage also«, sagte ich. »Siebzehn. Da kann man

sich schon Sorgen machen. Und Sie glauben, sie ist hier in der Gegend?«

»Wir halten es für möglich.«

»Warum?«

»Wir haben unsere Quellen.«

Ich sah ihn an.

»Ihre Schule«, sagte Armentrout. »Sie ist auf einem Internat bei Boston – St. Bartholomew. Die Sommerferien haben vergangene Woche angefangen. Pamela sollte sie bei ihrem Stiefvater in New York verbringen. Mr Lords Chauffeur ist hingefahren, um das Mädchen und ihr Gepäck nach New York zu bringen, aber sie war nicht da. Nirgends zu finden, in der ganzen Schule nicht. Ihre Sachen waren in ihrem Zimmer, aber sie war weg.«

»Was haben Sie dann getan?«

»Ihre Freundinnen angerufen. St. Bartholomew ist eine Topschule, Sheriff. Die Schüler kommen aus dem ganzen Land. Zuerst dachten wir, sie wäre vielleicht mit ihrer Zimmergenossin nach L. A. geflogen. War sie aber nicht. Dann dachten wir, sie wäre bei einer Klassenkameradin in Dallas. Ich bin selbst hingeflogen. Aber da war sie auch nicht.«

»Worauf wollen Sie hinaus?«, fragte ich. »Glauben Sie, sie ist entführt worden? Verletzt? Oder Schlimmeres?«

»Nein«, sagte Armentrout. »Wir glauben nicht, dass sie in Gefahr ist. Sie ist ausgerissen.«

»Vor ihrem Stiefvater?«

»Sie verstehen sich nicht sehr gut«, sagte Armentrout.

»Haben Sie mit der Polizei in Massachusetts gesprochen?«

»Nein«, sagte Armentrout. »Keine Polizei. Mr Lord wünscht Diskretion. Sie verstehen, Sheriff? Diskretion? Er will, dass die Polizei herausgehalten wird.«

»Aber ich bin die Polizei«, sagte ich.

Armentrout schenkte mir noch einmal sein kühles, dünnes Lächeln. »Bei Ihnen haben wir das Gefühl, es ist in Ordnung.«

»Weil ich ein kleiner Sheriff bin.«

»Das haben Sie gesagt, Sheriff, nicht ich.«

»Hat das verschwundene Mädchen auch eine Mutter?«

»Die hat mit dieser ganzen Sache nichts zu tun.«

»Woher wissen Sie das? Haben Sie mit ihr gesprochen?«

»Sie und Mr Lord sprechen nicht miteinander.«

»Sieht nach einem Muster aus«, sagte ich. »Die Tochter spricht nicht mit dem Vater. Der Vater spricht nicht mit der Mutter. Keiner von beiden spricht mit der Polizei. Da wird eine ganze Menge nicht gesprochen, finden Sie nicht?«

Jetzt war es an Mr Armentrout, mich anzusehen. Er schwieg.

»Na gut«, sagte ich, »aber ich habe noch nicht verstanden, warum Sie glauben, das Mädchen – wie heißt sie noch?«

»Pamela.«

»Warum Sie glauben, Pamela könnte hier oben sein.«

»Ein Schulfreund von ihr stammt von hier.«

»Wie heißt er?«

»March«, sagte Armentrout. »Duncan March.«

»Der Sohn von Buster March«, sagte ich.

»Sie kennen den Jungen?«

»Ich kenne seinen Vater. Aber Dunc natürlich auch, klar. Ein großer, starker Bursche. Footballspieler.«

»Und der Vater?«

»Buster.«

»Ja, Buster«, sagte Armentrout. »Ist der Junge bei seinem Vater?«

»Das möchte ich bezweifeln«, sagte ich. »Buster ist die meiste

Zeit unterwegs. Man könnte sagen, als Vater ist er nicht so toll. Nein, Dunc ist in der Schule. Er ist auf einer Schule in einem anderen Bundesstaat.«

»Ich weiß, Sheriff«, sagte Armentrout. »Er ist ebenfalls in St. Bartholomew. Da gibt's Footballstipendien.«

»Ich weiß«, sagte ich. »Ich kenne die Schule.«

»Tatsächlich? St. Bartholomew? Das hätte ich nicht gedacht, Sheriff. Woher kennen Sie sie? Sie sind doch nicht etwa auch dort zur Schule gegangen?«

»Nein«, sagte ich.

»Woher also?«

»Wir haben unsere Quellen«, sagte ich.

Wir saßen eine Weile da. Manchmal habe ich beruflich mit Leuten wie Mr Armentrout und seinem Boss zu tun. Zu oft für meinen Geschmack. Wenn sie aus der Stadt hier raufkommen, denken sie, sie haben die Stadt mitgebracht. In der Stadt sind sie große Nummern, da haben sie alles Mögliche zu bestimmen, und sie denken, das heißt, dass sie hier oben auch was zu bestimmen haben. Warum auch nicht? Ihre Macht beruht auf Geld, oder? Und das Geld ist an beiden Orten dasselbe: amerikanische Dollar. Sie denken, wir sind Portiers, Oberkellner, Taxifahrer, Chauffeure, Kindermädchen, Hausmeister, Gärtner, Masseure, Hostessen, Butler, Barmänner, Schneider und so weiter, wie die Leute in der Stadt, die sie dafür bezahlen. Und in gewisser Weise haben sie damit wohl recht. Es ist tatsächlich dasselbe Geld, und sie sind diejenigen, die es haben. Außerdem sind sie freie Bürger, Wähler und Steuerzahler. Wir stehen ihnen zu Diensten. Das ist unser Job. Aber sie haben eben nur in gewisser Weise recht. Wir können sie nicht wegschicken, und wir können sie nicht ändern. Aber wir können sie warten lassen.

»Und was soll ich jetzt tun, Mr Armentrout?«, fragte ich ihn.
»Ich würde meinen, das ist offensichtlich, Sheriff«, sagte er. »Finden Sie das Mädchen. Hier oben ist alles Wildnis, nichts als Wald. Wir sind keine Indianer, Sheriff. In diesen Wäldern können wir sie nicht finden – Sie schon. Sie kennen sich hier aus. Wir wollen, dass Sie Pamela finden. Oder einen Beweis, dass sie nicht in dieser Gegend ist.«
»Nicht ganz einfach zu beweisen, dass etwas *nicht* da ist.«
Armentrout musterte mich mit zunehmender Ungeduld und Abneigung. »Hören Sie, Sheriff«, sagte er, »ich werde mich jetzt nicht auf eine spitzfindige philosophische Diskussion mit Ihnen einlassen. Sie wissen jetzt, was wir wollen. Und ich kann Ihnen versichern, dass Mr Lord in einer Position ist, die es ihm erlaubt, seiner Dankbarkeit angemessen Ausdruck zu verleihen.«
»Da bin ich sicher«, sagte ich.
»Ich meine: großzügig Ausdruck zu verleihen.«
»Ich verstehe«, sagte ich.
»Überaus großzügig.«
»Das freut mich für ihn.«
»Also?« Armentrout machte Druck, aber ich hatte zu viel Spaß, um jetzt schon aufzuhören, und darum wandte ich mich wieder der Visitenkarte auf dem Schreibtisch vor mir zu.
»Hier steht: ›Assistent für besondere Aufgaben‹. Was heißt das? Gehören Sie zur Familie, sind Sie ein Verwandter? Ein Freund? Ein Privatdetektiv? Oder vielleicht Polizist?«
»Ich bin Anwalt«, sagte Armentrout.
»Anwalt?«, sagte ich. »Tatsächlich? Ehrlich gesagt hab ich mir das fast gedacht. Ich hatte so ein Gefühl, Sie könnten so was wie Anwalt sein. Mit einer Kanzlei in New York?«

»Nein«, sagte Armentrout. »Meine Dienste stehen ausschließlich Mr Lord zur Verfügung.«
»Wirklich? Ich wollte, ich würde auch ausschließlich für jemanden arbeiten. Möglichst jemand, der so großzügig ist wie Ihr Boss.«
»Sie sind nicht besonders witzig, Sheriff«, sagte Armentrout.
»Ich weiß«, sagte ich. »Ich kann's nicht ändern. Okay, Mr Armentrout. Meine Deputys und ich werden nach dem Mädchen suchen, wir gehen zu ihren Freundinnen und schauen mal beim jungen March vorbei, wenn der nicht auch weg ist. Sie wollen, dass wir auf den Busch klopfen, und das werden wir tun. Wenn sie lebt und hier im Tal ist, werden wir sie wahrscheinlich ziemlich schnell finden. Ob Sie's glauben oder nicht: Es ist nicht so leicht zu verschwinden, auch nicht im Wald. Was soll ich tun, wenn wir sie gefunden haben?«
»Dann rufen Sie mich an. Ich bleibe in der Nähe und kann jederzeit kommen und sie nach New York zu ihrem Vater bringen.«
»Und wenn sie nicht will?«, fragte ich. »Sie haben gesagt, dass die beiden sich nicht gut verstehen.«
»Das geht Sie nichts an«, sagte Armentrout.
»Und wenn ich finde, es geht mich doch was an?«
»Das werden Sie nicht. Habe ich Ihnen nicht von Mr Lord erzählt? Von seiner Macht? Sein Arm ist lang. Aber Sie sollten Ihr Augenmerk jetzt eher auf seine Dankbarkeit richten. Diese Dankbarkeit ist natürlich an Bedingungen geknüpft. Sie verstehen, Sheriff? Finden Sie Pamela. Sorgen Sie dafür, dass sie ihr Leben nicht ruiniert, indem sie sich irgendeinem Hinterwäldler an den Hals wirft.«
»Vorsicht, Mr Armentrout«, sagte ich. »Sie sind mitten im Hinterwald. Hier sind fast alle Hinterwäldler.«

Ich stand im Eingang des Sheriff Departments und sah Carl Armentrouts lange Limousine wenden und davonfahren. Deputy Treat kam zu mir. Während Armentrout und ich uns unterhalten hatten, war er von seiner Streife zurückgekehrt.
»Wer war das?«, fragte er.
»Ein besorgter Bürger«, sagte ich.
»Und worüber ist er besorgt?«, fragte Treat. »Hab ich ihm einen Strafzettel verpasst? An den Wagen kann ich mich nicht erinnern.«
»Nein, nein«, sagte ich, »keine Sorge. Er ist nicht sauer, er hat Angst. Die Tochter von seinem Boss ist verschwunden.«
»Hier?«
»Er hält es für möglich. Haben Sie mit seinem Fahrer gesprochen?«
»Ich hab's versucht«, sagte Treat, »aber er war nicht besonders gesprächig. Aus England. Wollte wissen, wo man hier ein Guinness vom Fass kriegt. In Boston, hab ich gesagt. Und dass es im Inn Guinness in Flaschen gibt. Da hat er gesagt, ich soll ihn nicht verarschen.«
»Klingt nicht so, als hätten Sie eine Menge nützlicher Informationen von ihm gekriegt«, sagte ich.
»Nein, hab ich nicht«, sagte Treat.
Deputy Roland Treat war seit einem Jahr bei uns. Anfangs hatte ich meine Zweifel – Junggeselle, ruhig, ordentlich, höflich, zurückhaltend –, aber ich konnte keinen Fehler an ihm entdecken. Er wusste, was zu tun war. Er war fleißig, kapierte schnell und war immer bereit, sich ein bisschen mehr reinzuhängen, als unbedingt nötig war. Außerdem schien Deputy Treat nicht zu glauben, dass sein Abzeichen ihn berechtigte, andere herumzukommandieren und ihnen die Laune zu verderben. Ein höchst vielversprechender junger

Mann. Ich hatte ihn nach seiner Entlassung aus der Navy eingestellt, so wie Wingate damals mich. Wingate mochte Leute, die in der Navy waren, denn er behauptete, da unser Staat der einzige in Neuengland sei, der keine Küste habe, fühle ein Seemann sich hier nie ganz zu Hause und komme daher gar nicht erst auf den Gedanken, alles schon zu wissen. Er sei aufmerksam. Er sei wachsam.

»Und er will, dass wir dieses Mädchen finden?«, fragte Treat.

»Jedenfalls sollen wir sie suchen«, sagte ich. »Kennen Sie Duncan March?«

»Den Waisenjungen?«

»Ich glaube, das ist er nicht direkt«, sagte ich.

»Ich dachte, er hat keine Eltern«, sagte der Deputy.

»Er hat einen Vater«, sagte ich. »Aber stimmt schon – Buster ist nicht oft da. Und Duncs Mutter ist irgendwo im Westen.«

»Also doch ein Waisenjunge«, sagte der Deputy.

»Ich sollte Ihnen den Fall übertragen«, sagte ich. »Sie wissen schon so gut darüber Bescheid.«

»Was hat Duncan damit zu tun?«

»Er ist der Freund der verschwundenen Tochter, würde ich sagen. Sie gehen in Massachusetts auf dieselbe Schule.«

»Soll ich mal hinfahren? Nachsehen, ob Buster da ist? Ihn fragen, ob er weiß, wo Dunc ist?«

»Heute nicht«, sagte ich. »Ich brauche erst mal ein bisschen Hintergrund. Ein paar Zusammenhänge.«

»Und wie wollen Sie die erfahren?«, fragte Deputy Treat.

»Ich habe meine Quellen«, sagte ich.

WHITE HORSE

Eine Quelle jedenfalls. Nach Feierabend fuhr ich nach South Devon, um Addison Jessup einen Besuch abzustatten. Vor seinem Ruhestand hatte Addison eine Kanzlei in der Stadt gehabt. Noch ein Anwalt also, wenn auch nicht einer von der Sorte wie Mr Armentrout – hoffte ich. Addison hatte in seinem Leben praktisch jedes öffentliche Amt im County und im Staat innegehabt. Unter anderem war er Mitglied des Abgeordnetenhauses und des Senats von Vermont, Bezirksstaatsanwalt und stellvertretender Gouverneur gewesen. Keiner, den ich kannte, hatte einen auch nur annähernd so breiten Blick auf die Welt außerhalb unseres Tals wie Addison. Zum Beispiel war Addison ebenfalls in St. Bartholomew gewesen, demselben teuren Internat, aus dem Pamela Lord verschwunden war. Er hatte Beziehungen dorthin. Tatsächlich war er es gewesen, der die Schulleitung dazu gebracht hatte, Duncan March ein Sportstipendium anzubieten, damit der Junge aus seiner häuslichen Situation herauskam, wo er unter der schweren Hand von Buster zu leiden hatte. Buster war nie was Besseres als ein abwesender Vater gewesen, nur leider nicht annähernd abwesend genug.
Addison hatte also seine Beziehungen spielen lassen und

Duncans Stipendium größtenteils (und anonym) übernommen. Dafür – und vielleicht noch anderes – war Addisons Brieftasche dick genug. Wenn ich mit meinem neuen Freund Mr Armentrout und seinem mächtigen Boss zu tun hatte, war Addison meine beste Karte. Außerdem war er mein Schwiegervater.

Unterwegs hielt ich am Schnapsladen und kaufte eine Flasche White Horse. Addison hat eine Schwäche für diesen Scotch – so wie Graf Dracula eine Schwäche für die Blutgruppe Null positiv hat. Deputy Treat bot mir an mitzukommen, aber ich lehnte ab. Ich war mir nicht sicher, ob seine junge Leber einem Besuch bei Addison gewachsen war.

Ich fand Addison in seinem Haus, in dem Raum, den er als sein Büro bezeichnete, auch wenn ich das nie verstand, denn er tat dort nichts anderes als lesen (und trinken). Addison liest gern.

»Rex Lord?«, sagte Addison. »Natürlich hab ich von dem gelesen. Ich bin ihm auch mal begegnet, aber das ist Jahre her. In New York. Damals war er noch ein ehrgeiziger Aufsteiger, spielte aber eindeutig in der zweiten Liga – zwischen ihm und der Suppenküche standen bestimmt nicht mehr als ein paar hundert Millionen. Das war sicher eine schwere Zeit für ihn.«

»Wie hast du ihn kennengelernt?«

»Ich kannte seine Frau – oder vielmehr die Frau, die er dann geheiratet hat.«

»Die Mutter des verschwundenen Mädchens?«

»Wahrscheinlich. Sofern es dieselbe Ehefrau war. Lord hatte mehrere. Carlotta Campbell. Schön, charmant, intelligent, witzig. Sie liebte Partys. Hat uns alle unter den Tisch getrunken. Jeder war ein bisschen in sie verliebt.«

»Aber Rex Lord hat sie gekriegt«, sagte ich. »Er hat sie geheiratet.«

»Irgendwann«, sagte Addison. »Aber nicht gleich. Erst hat Lottie einen Kerl namens Roger DeMorgan geheiratet. Außenministerium. Diplomat. Lottie dachte, bald würde sie als Frau des Botschafters in irgendeinem Land sein, wo das Leben schön ist. Ein guter Plan, aber leider war Roger DeMorgan ein Idiot. Ich meine echt und unverfälscht. Er sah gut aus in gestreiften Hosen, aber das war's dann auch. Lottie erkannte es, zog Bilanz und ließ sich scheiden. Der einzige Haken war: Sie hatten ein Kind, eine Tochter. Wie hieß sie noch?«

»Pamela?«, sagte ich.

»Genau«, sagte Addison, »Pammy. Jedenfalls hat Carlotta ein paar Jahre nach ihrer Scheidung dann Lord geheiratet.«

»Kennst du das Mädchen?«

»Nein, nie gesehen.«

»Dann habt ihr keinen Kontakt?

»Natürlich nicht. Warum sollte ich?«

»Nein, das sähe dir nicht ähnlich«, sagte ich. »Ich frage nur, weil sie verschwunden ist. Die Tochter, Pamela. Sie hätte in der Schule sein sollen, aber da war sie nicht. Ihr Stiefvater denkt, sie ist vielleicht hier irgendwo. Sie und ihr Stiefvater verstehen sich nicht gut.«

Addison nickte.

»Was ist aus dem Vater des Mädchens geworden, dem Diplomaten?«, fragte ich.

»Das Letzte, was ich gehört habe, war, dass er irgendwas in der Botschaft in Mexico City ist.«

»Ich denke, er ist ein Idiot.«

»Ist er auch«, sagte Addison. »Aber er hat sich davon nicht bremsen lassen. Die Ministerien sind voller Leute wie ihm.«

»Das glaube ich«, sagte ich. »Aber noch mal zurück zu Rex Lord. Wer genau ist er eigentlich?«

»Wer genau? Weiß ich nicht. Ich glaube, das weiß nicht mal er selbst. Im Grunde gehört ihm einfach sehr viel.«

»Du meinst Immobilien?«, fragte ich.

»So was in der Art.«

»Ist er ein Investor?«

»So was in der Art.«

»Ist er ein Spekulant?«

»So was in der Art«, sagte Addison. »Du willst wissen, was Rex Lord macht? Er macht, was er will. Er macht alles, was ihm einen Haufen Geld einbringt. *Alles*, verstehst du? Er ist einer der Reichen mit beschränkter Haftung.«

»Was soll das heißen?«

»Das soll heißen, dass Lord eigentlich im Gefängnis sein müsste, aber das ist er nicht, und er wird es nie sein«, sagte Addison. »In der Bibel steht: ›Arme habt ihr allezeit bei euch.‹ Von den Reichen steht da nichts. Dabei haben wir auch die Reichen allezeit bei uns. Die sind wie Kakerlaken.«

Wenn Addison anfängt, aus der Bibel zu zitieren, sollte man ihm bald einen zusätzlichen Eiswürfel in den Whiskey schmuggeln und das Thema wechseln. Mir blieb nicht mehr viel Zeit.

»Er hat einen Handlanger geschickt«, sagte ich und reichte Addison die Visitenkarte. »›Assistent für besondere Aufgaben‹. Scheint so was wie Lords Vorhut zu sein.«

Addison warf einen Blick auf die Karte, gab sie mir zurück und schüttelte den Kopf.

»Über den zerbrich dir nicht den Kopf«, sagte er. »Das ist bloß der Kundschafter.«

»Kundschafter?«, sagte ich. »Das ist kein Kundschafter. Das

ist ein ausgewachsener Rechtsanwalt. Seine Dienste stehen ausschließlich Mr Lord zur Verfügung. Das heißt, dass Lord sein einziger Mandant ist, oder?«

»Das heißt es«, sagte Addison. »Na und?«

»Ganz schön hochgestochen, was?«, sagte ich. »Seinen privaten Anwalt zu haben.«

»Keine Sorge, Lucian«, sagte Addison, »ein Mann wie Rex Lord hat Anwälte, die ihm den Rasen mähen und seine Hunde ausführen. Von denen hast du nichts zu befürchten. Eher von denen, die nach den Anwälten kommen.«

»Und wer sind die?«

»Das wirst du sehen, wenn du das Mädchen nicht findest. Bei Leuten wie Lord sind die Teams immer doppelt besetzt. Mindestens doppelt. Wenn die einen Anwalt schicken, damit er dir auf die Zehen tritt, schicken sie gleich noch einen, der den Anwalt beobachtet, und womöglich einen dritten, der ein Auge auf den zweiten hat. Aber das sind dann keine Anwälte mehr. Die haben andere Methoden. Die haben einen, äh ... direkteren Ansatz. Das Beste wird sein, du findest das Mädchen, Lucian. Und zwar schnell. Noch einen Schluck?«

»Danke, ich hab genug«, sagte ich. »Morgen rufe ich in der Schule an.«

Addison lachte. »In St. Bartholomew? Reine Zeitverschwendung. Die haben keine Ahnung, wo sie ist.«

»Es ist ein Internat, oder? Die Schüler wohnen dort. Die Schule muss wissen, wo sie sind und was sie tun.«

»Träum weiter, Lucian«, sagte Addison. »Das war einmal. Jetzt ist es anders. Heutzutage macht jeder, was er will. Internate wie Bart sind wie Großwildreservate, wie Nationalparks, und die Schüler sind die Elche und Bisons. Sie gehen, wohin sie wollen, und tun, was sie wollen. Die Lehrer arbeiten für die Parkverwaltung. Sie kommen den Schülern nicht zu nahe. Sie beobachten sie durch Ferngläser. Mehr nicht. Inzwischen ist das so ziemlich alles, was sie tun können. Wenn du mich fragst, sind die gemischten Klassen schuld. Zu meiner Zeit war Bart eine reine Jungenschule. Eine Hochsicherheitseinrichtung. Ein Knast. Sie haben uns nachts an die Betten gekettet.«

»Haben sie nicht«, sagte ich.

»Hätten sie aber gern«, sagte Addison. »Und sie hätten's tun sollen. Sie hätten's liebend gern getan, und zwar mit Recht. Wir waren Wilde. Wir waren junge Wölfe, junge Hyänen. Die Schule hat Mädchen zugelassen, weil man dachte, das würde uns mäßigen und zu Menschen machen, aber das Gegenteil war der Fall: Die Mädchen wurden ebenfalls zu Wölfen und Hyänen. Die Schule hat versucht, ein Feuer mit Benzin zu löschen. Vielleicht doch noch einen Schluck?«

»Einen kleinen vielleicht.«

»Das klingt schon besser«, sagte Addison und griff nach der Flasche. »Wie geht's Clemmie?«, fragte er.

»Es ging ihr nie besser«, sagte ich.

»Wirklich? Alles gut zu Hause?«

»Ja«, sagte ich, »sehr gut.«

»Schön«, sagte Addison. »Freut mich zu hören.«

Er schenkte jedem von uns einen Schluck ein. »Was Lord betrifft«, sagte er, »ich kann ihn verstehen. Wenn Clemmie einfach so verschwunden wäre, hätte ich wahrscheinlich auch die Kavallerie gerufen. Irgendeine Kavallerie.«

»Lords Anwalt sagt, sein Boss ist bereit, viel Geld auszugeben, um sie zu finden«, sagte ich.

»Natürlich«, sagte Addison.

»Er sagt, Lord will nicht, dass sie ihr Leben ruiniert.«
»Verständlich«, sagte Addison.
»Er will nicht, dass sie ihr Leben ruiniert, indem sie sich irgendeinem Hinterwäldler an den Hals wirft.«
»Ein schrecklicher Gedanke«, sagte Addison.

SEILHANF

Clementine Templeton Jessup Wing, meine Gemahlin, meine Liebste, meine Bestimmung, packte einen der Kaffeebecher auf dem Küchentisch, holte mit ihrem schlanken Arm aus und schleuderte den Becher quer durch die Küche, genau auf meine Nase zu. Ich wich nach rechts aus und fing ihn mit der Linken. »Eins!«, rief ich. Clemmie nahm den anderen Becher und warf ihn ebenfalls. Diesmal fing ich mit rechts. »Zwei!«, rief ich.

»Scheiße«, zischte Clemmie.

»Die Geschwindigkeit stimmt«, sagte ich, »aber an der Zielgenauigkeit musst du noch arbeiten.«

»Scheiße, Scheiße, *Scheiße*«, rief Clemmie. Da kein Wurfgeschoss mehr in Reichweite war, ließ sie sich auf den Stuhl sinken und schlug mit ihren hübschen Fäusten auf den Tisch. Ich ging zu ihr, stellte die Kaffeebecher auf den Tisch, allerdings ans andere Ende. Dann setzte ich mich neben sie.

»Weißt du, was mir an dir immer schon gefallen hat?«, sagte ich. »Dass du nicht wirfst wie ein Mädchen. Du schiebst den Ball oder das Geschirr oder was immer es ist nicht durch die Luft – nein, du schleuderst ihn, aus der Schulter heraus. Das finde ich bewundernswert, wirklich.«

Clemmie stieß ein leises Quietschen aus, hielt aber den Kopf gesenkt, damit ich nicht sah, dass sie lachte. Sie zeigte auf die Kaffeebecher. »Du kannst von Glück sagen, dass das keine Pistolen waren«, sagte sie.
»Du magst keine Pistolen«, sagte ich.
»Ich könnte anfangen, sie zu mögen«, sagte Clemmie.
Das Telefon an der Wand klingelte. Während Clemmie aufstand, hinausstürmte und die Tür hinter sich zuknallte, ging ich hin und nahm den Hörer ab.
»Sheriff Wing«, sagte ich.
»Hier ist Treat. Sind Sie das, Sheriff?«
»Ja.«
»Ist alles okay? Ich glaube, ich habe einen Schuss gehört.«
»Kein Grund zur Sorge, Deputy«, sagte ich. »Das war kein Schuss, sondern Mrs Wing, die bei einer kleinen häuslichen Diskussion ihr Argument unterstreichen wollte. Alles in Ordnung.«
»Oh«, sagte Deputy Treat. »Okay.«
»Was kann ich für Sie tun, Deputy?«
»Eine Mrs Truax hat angerufen. Sie wohnt in Gilead, hinter dem Damm.«
»Ich weiß, wo sie wohnt. Aber sie ist keine Mrs, sondern eine Miss. Miss Truax. Okay?«
»Oh«, sagte Treat. »Okay. Miss Truax. Jedenfalls war sie ziemlich aufgeregt. Sie sagt, irgendjemand baut in ihrem Wald Marihuana an. Es ist ein ganzes Feld, sagt sie. Sie will, dass Sie ermitteln.«
»Niemand baut irgendwas in ihrem Wald an«, sagte ich. »Fahren Sie raus zu ihr, zeigen Sie Flagge, bringen Sie sie dazu, Ihnen eine Tasse Kaffee anzubieten, und sorgen Sie dafür, dass sie sich beruhigt.«

»Sie will aber, dass Sie kommen, Sheriff«, sagte Treat. »Sie besteht darauf.«

»Kann ich mir vorstellen«, sagte ich. »Na gut, Deputy, wir treffen uns dort.«

»Ich soll auch dahinkommen?«

»Allerdings«, sagte ich. »Sie haben Miss Truax noch nicht kennengelernt, oder? Dann ist es höchste Zeit. Außerdem werde ich vielleicht Verstärkung brauchen. Nehmen Sie Ihren Dienstrevolver mit.«

Ich fuhr unseren Hügel hinunter und am Fluss entlang nach Norden. Auf den Feldern sah ich grau-weiße Möwen, die ab und zu hier auftauchen, über zweihundert Kilometer vom Meer entfernt. Woher kommen sie? Wo glauben sie zu sein? Was haben sie hier vor, so weit entfernt von zu Hause?

Clemmie und ich hatten uns wegen ihrer Terrasse gestritten, der erhöhten Terrasse, die an der Rückseite unseres Hauses auf dem Cardiff Hill stehen sollte. Ich hatte ihr versprochen, das Ding zu bauen. Was ist eine Terrasse? Gesägte Bretter und eingeschlagene Nägel. Dafür braucht man keinen betrügerischen Bauunternehmer. Ich würde das machen. Kein Problem.

Clemmie war strikt dagegen. Sie wollte eine richtige Terrasse, nicht irgendwas, das aussah, als hätte eine Horde betrunkener Schimpansen es zusammengebastelt. Wir würden Rory O'Hara beauftragen.

Ich sagte, sie solle nicht albern sein. Ich würde ihr die verdammte Terrasse selbst bauen. Wozu brauchten wir Rory O'Hara? Es sei denn ... Moment mal ... Es sei denn, wir brauchten Rory, weil Clemmie und er auf der Highschool mal was miteinander gehabt hatten. Brannte die Flamme jugendlicher Liebe etwa noch? Aber vielleicht diente der Plan außerdem einem zweiten, anderen Zweck? Brauchten wir Rory, damit Clemmie die Studenten, die Rory im Sommer einstellte und die immer ohne Hemd herumliefen, genauer in Augenschein nehmen konnte? War das der Grund?

»Vorsicht, Lucian«, sagte Clemmie. Und dann sagte sie, wenn ich ohne Hemd besser aussähe, würde sie mich die Terrasse vielleicht bauen lassen.

Ich sagte, ja, sicher, diese jungen Burschen sähen ohne Hemd wirklich gut aus. Vielleicht deutete ich an, sie sähen ohne Hemd sogar besser aus als beispielsweise sie ohne Bluse. Obwohl das natürlich nicht stimmt, auf keinen Fall, absolut nicht, aber man muss den Treffer setzen, wenn sich die Gelegenheit bietet, und dieser hier war, wie ich fand, ziemlich gut – so gut, dass Clemmie den Kaffeebecher nahm und nach mir warf.

Clemmie hat ein feuriges Temperament.

Als ich bei Constance Truax eintraf, war Deputy Treat schon da und wurde gerade von ihr eingenordet. Als sie mich sah, ließ sie von ihm ab und stapfte auf meinen Pick-up zu, wobei sie sich auf einen Skistock aus Bambus stützte, den sie zwischendurch wie einen Säbel schwenkte. Ich hatte den Motor noch nicht abgestellt, da legte sie auch schon los. Im Hintergrund stand Treat und schüttelte grinsend den Kopf.

»Das ist wirklich die Höhe, Sheriff«, sagte Miss Truax. »Jemand pflanzt auf meinem Grund und Boden verbotenes Zeug an. *Drogen!* Unerhört! Was werden Sie dagegen unternehmen?«

»Sie haben ein paar Pflanzen gefunden?«

»Ein *paar*? Einen ganzen Wald!«

»Okay«, sagte ich. »Immer mit der Ruhe. Dann wollen wir uns das mal ansehen.«

Miss Truax führte uns ums Haus herum, durch den Garten und zu einem alten Weg, der bergauf im Wald verschwand. Es dauerte nicht lange, und sie begann zu schnaufen und stützte sich immer schwerer auf den Skistock. Ich wollte sie am Ellbogen nehmen, doch sie schüttelte mich ab.

»Kommen Sie oft hier rauf?«, fragte ich.

»Nein«, sagte Miss Truax, »aber ich hab was aus dem Wald gehört, irgendeine Musik. Wie von einer Blockflöte oder so. Also hab ich nachgesehen. Wir sind gleich da.«

Der Weg wurde eben, und wir kamen an eine große, feuchte Lichtung, wo Holz geschlagen worden war. Das Sonnenlicht fiel bis auf die Erde, und zu beiden Seiten des Wegs wucherte Unterholz.

»Da«, sagte Miss Truax und zeigte mit ihrem Skistock.

Weiter vorn und rechts des Wegs war ein dichtes Gebüsch aus eleganten lindgrünen Pflanzen, die leicht im Wind schwankten. Sie waren etwa zwei Meter hoch, hatten breit gefiederte Blätter und standen wie eine Hecke entlang des Waldwegs.

»Sehen Sie sich das an«, sagte Miss Truax. »Das müssen an die dreißig Stück sein. Sie sind riesig.«

»Bestimmt dreißig«, gab ich ihr recht. »Und sie sind tatsächlich groß. Große, gesunde Pflanzen. Aber ...«

»Was aber?«, wollte Miss Truax wissen.

»Es ist kein Marihuana«, sagte ich.

»Was soll das heißen? Natürlich ist das Marihuana. Was soll es denn sonst sein?«

»Sagen Sie's ihr, Deputy«, sagte ich zu Treat.

»Seilhanf, würde ich sagen«, meldete Treat sich zu Wort.

»Das ist ja lächerlich«, sagte Miss Truax und stieß den Skistock in den Boden.

»Ja, Seilhanf«, sagte ich. »Auch Vogelhanf genannt. Man denkt, es ist Marihuana, wenn man nicht weiß, wie Marihuana aussieht, aber es ist keins.«

»Und woher wollen Sie das wissen?«

»Wir haben öfters mit echtem Marihuana zu tun«, sagte ich. »Stimmt's, Deputy?«

»Öfters«, sagte Treat.

»Wir sind geschult«, sagte ich. »Auch darin, falsches Marihuana zu erkennen. So wie wir geschult sind, falsches Geld, falsche Führerscheine, falsche Alibis, falsche Schnurrbärte, falsche Ausweise und falsche Waffen zu erkennen.«

»Und Sie sagen, das Zeug ist einfach hier gewachsen? Keiner hat es ausgesät, keiner hat sich darum gekümmert?«

»Ja, Ma'am, es ist einfach hier gewachsen.«

Miss Truax rammte erneut den Stock in den Boden.

»Tja«, sagte sie, »und wie erklären Sie sich *das?*«

Sie drehte sich um und stürmte den Weg entlang, vorbei am Vogelhanf und fünfzig Meter weiter, wo der Einschlag zu Ende war und wieder der Wald begann. Deputy Treat und ich folgten ihr. Bald blieb Miss Truax stehen und wies mit dem Stock auf ein winziges orangerotes Kuppelzelt unter einer großen Fichte. Davor eine von geschwärzten Steinen eingefasste Feuerstelle. Ein kleiner Haufen aus trockenen Fichtenzweigen als Feuerholz. Alles sehr ordentlich. Kein Abfall. Ich hob den Zipfel des Eingangs an. Deputy Treat und ich spähten hinein. »Gemütlich«, sagte Treat. Er hatte recht. Ein Schlafsack war ordentlich aufgerollt in einem Winkel verstaut; außerdem fanden wir eine Einkaufstüte voll Konservendosen – Chili con carne, Bohnen, Suppe, und so weiter –,

eine große, zu zwei Dritteln gefüllte Wasserflasche und einen Rucksack mit Kleidungsstücken, unter anderem zwei BHs und zwei Damenunterhosen. Ganz unten im Rucksack lag ein langes Silberrohr mit Klappen und Löchern: die Flöte, die Miss Truax gehört hatte. Außerdem ein altes Schmusetier – ein Plüschhase mit einer blauen Jacke und nur einem Ohr – sowie ein Taschenbuch: *Letzte Gedichte* von W. B. Yeats.
»Das ist die Flöte, die ich gehört hab«, sagte Miss Truax.
»Wann war das?«, fragte ich sie.
»Zum ersten Mal vor ein paar Tagen. Keine Ahnung, was die da gemacht haben.«
»Die?«
»Einer, zwei – was weiß ich? Glauben Sie, es sind mehrere?«, sagte Miss Truax.
»Das weiß ich auch nicht. Aber wenn ich bedenke, wie klein das Zelt ist und dass es nur einen Schlafsack gibt, muss ich sagen: Wenn sie zu mehreren sind, hoffe ich, dass sie gute Freunde sind.«
Miss Truax nickte und schenkte dem Deputy und mir ein kleines, verkniffenes Lächeln. Es war, soviel ich wusste, das erste an diesem Tag. Vielleicht das erste in dieser Woche.
»Ja«, sagte sie. »Und ich dachte, die bewachen eine Marihuanaplantage. Dabei sind es bloß Camper.«
»Ich weiß nicht, was sie sind«, sagte ich. »Aber wenn sie hier oben sind, um von Seilhanf high zu werden, sollten sie lieber zu mehreren sein, denn das wird sehr lange dauern, und da ist es besser, Gesellschaft zu haben.«
»Wenn Sie es sagen, Sheriff«, sagte Miss Truax.
»Als Sie das erste Mal hier waren«, sagte ich, »als Sie den Seilhanf und das Zelt entdeckt haben, war niemand da? Wer immer hier gezeltet hat, war weg?«

»Genau.«

»Haben Sie gewartet, um zu sehen, ob jemand kommt? Oder waren Sie an einem anderen Tag noch mal da?«

»Nein, Sheriff«, sagte Miss Truax.

»Warum nicht?«, fragte ich sie. »Ich denke, Sie wollten rausfinden, wer in Ihrem Wald kampiert.«

»Das ist nicht mein Job, Sheriff«, sagte Constance Truax, »sondern Ihrer.«

»Yeats?«, sagte Addison. »Wirklich?«

»Ja«, sagte ich, »W. T. Yeats.«

»W. B.«, korrigierte er mich. »Der gute alte Yeats. Der letzte große Dichter der englischsprachigen Welt, sagen viele. Ich wäre geneigt, ihnen recht zu geben. Und du?«

»Ich habe keine Ahnung«, sagte ich.

»Nie von Yeats gehört?«

Ich schüttelte den Kopf.

»Ire«, sagte Addison. »Na ja, aus anglo-irischer Familie. Ein Genie. Ein sonderbarer Mensch. Höchst sonderbar.«

»Ire?«, sagte ich. »Dann hat er ordentlich gesoffen, da möchte ich wetten. Die Iren trinken gern und viel. Das macht einen sonderbar.«

»Davon weiß ich nichts«, sagte Addison. »Und hast du außer dem Buch noch andere Sachen in dem Zelt gefunden?«

»Ja«, sagte ich. »Unterwäsche, einen Plüschhasen mit blauer Jacke und eine Flöte.«

»Einen Plüschhasen mit blauer Jacke?«

»Genau. Ein Schmusetier, du weißt schon.«

»Und du bist ziemlich sicher, dass die Sachen Pamela gehören? Der Ausreißerin aus Bart?«

»Wem sonst könnten sie gehören?«

»Weiß ich auch nicht«, sagte Addison. »Irgendjemandem. Aber in einem Punkt stimme ich dir zu: Yeats, Flöte, Plüschtier – wer immer da oben kampiert, ist kein gewöhnlicher Marihuanafarmer. Da hast du recht.«

BIG JOHN

»Lucian? Hier ist Cola Hitchcock.«

»Cola, ich komme gerade aus der Dusche. Kann ich dich gleich zurückrufen?«

»Ob du nass bist, ist ihm egal«, sagte Cola, »solange du nur sauber bist.«

»Wem ist das egal?«

»John. Er ist weg.«

»Herrgott«, sagte ich.

»Der wird dir diesmal auch nicht helfen«, sagte Cola. »John ist ausgebrochen. Gracie glaubt, dass sie ihn gestern an der Straße gesehen hat. Jetzt ist er hier, im Wald hinter dem Haus. Er zieht ein paar Meter Kette hinter sich her, und das Ende hat sich an einem Baumstumpf verfangen. Er hängt fest, aber er wütet und tobt, und man kommt nicht an ihn heran.«

»Ruf Herbie an«, sagte ich.

»Hab ich schon«, sagte Cola, »aber da geht keiner dran, nicht mal ein Anrufbeantworter. Ich glaube, die sind in Florida.«

»Dann eben seinen Kümmerer.«

»Wer soll das sein? Herbie hat AJ gefeuert.«

»Und was ist mit denen von der Jagdaufsicht?«

»Hab ich probiert«, sagte Cola, »aber die sagen, er ist kein wildes Tier – da können sie nichts machen.«
»Das soll kein wildes Tier sein?«
»Hab ich auch gesagt. Aber das ist denen egal. Er ist kein wildes Tier, und da sind ihnen die Hände gebunden.«
»Na gut, dann ruf Homer an. Er ist Constable und damit auch der Hundefänger.«
»Das war mein erster Anruf«, sagte Cola. »Homer sagt, es ist kein Hund. Es ist kein Haustier. Und eigentlich auch kein Nutztier. Also kann er offiziell nicht tätig werden, aber er hat immerhin seine Hilfe angeboten.«
»Ruf die State Police an«, sagte ich. »Ruf Farrabaugh an.«
»Hab ich«, sagte Cola.
»Und?«
»Er hat gelacht«, sagte Cola.
»Herrgott«, sagte ich.
»Bist du jetzt trocken?«
»Mehr oder weniger. Okay, Cola, ich bin schon unterwegs.«
Ich zog mich an und ging hinunter. Clemmie stand am Herd, süß und frisch wie der junge Morgen. Ich trat hinter sie, umarmte sie und küsste ihr duftendes Haar. Dann ging ich zur Tür. »Bis später«, sagte ich.
»Kein Frühstück?«, fragte Clemmie.
»Keine Zeit.«
»Kaffee? Ist gerade fertig.«
»Willst du ihn einschenken oder werfen?«
»Ha«, sagte sie. »Sag ja und finde es raus.«
»Heute nicht«, sagte ich. »Bis heute Abend.«

Zwanzig Minuten später hielt ich vor Colas Schrottplatz bei der Dead-River-Siedlung. Ich stieg aus und stakste durch den rostigen, eher umsatzschwachen Warenbestand – ein Gewirr aus Kotflügeln, Stoßstangen, Motoren, Achsen, Getrieben, Kardanwellen, Differentialen, Türen, Kühlern, Tanks und anderen Autoteilen – zum Büro. Bei Colas Schrott gab es kein erkennbares ordnendes System, aber man konnte mit einiger Sicherheit sagen, dass neunzig Prozent davon irgendwann mal zu irgendeinem fahrbaren Untersatz gehört hatten. Cola nannte sein Unternehmen »Dead River Instandsetzung«, aber ob und, wenn ja, wie sehr dort jemals irgendwas instand gesetzt worden war, hätte wahrscheinlich nicht mal er selbst sagen können.

Als ich mich dem Büro näherte, schwang die Tür auf, und Cola kam raus, um mich zu begrüßen. Er trug seinen Army-Stahlhelm, und in dem Holster an seinem Webgürtel steckte die schwere alte .45er Colt Automatic. Der Zweite Weltkrieg war Colas Hobby – er sammelte alles, was damit zu tun hatte. Was er heute vorhatte, war nicht ganz klar. Der Gürtel und die Dienstpistole hatten vielleicht was mit unserem Einsatz zu tun, dienten vielleicht aber auch irgendeinem anderen Zweck, zum Beispiel dem, seine Hose zu halten. Bei Cola konnte man das nie wissen. Es war, als wäre er irgendwie anders verdrahtet, als würde er irgendwie anders ticken. Manchmal war er ganz normal, manchmal aber auch nicht.

»Komm mit«, sagte er.

Wir stapften etwa hundert Meter durch den dichten Wald hinter dem Schrottplatz, dann blieb Cola stehen und zeigte auf eine große, umgestürzte Buche, deren Stamm etwa einen halben Meter über dem Boden lag. Ich spähte, konnte aber nichts erkennen, und zu hören war auch nichts.

»Und? Wo ist er?«, fragte ich Cola. »Ich sehe ihn nicht. Du hast gesagt, er wütet und tobt.«

Cola wollte gerade antworten, als sich vor uns etwas bewegte: ein Knacken und Rascheln von Zweigen und Blättern, und dann brach ein dunkler Schatten, so groß wie eine Schubkarre, unter dem umgestürzten Baum hervor und raste auf uns zu. Ich wollte weglaufen, doch was immer es war, das sich auf uns stürzen wollte, wurde plötzlich von einer Kette oder einem Kabel, das es hinter sich herzog, gestoppt. Schnaubend und schäumend vor Wut zog und zerrte es daran.

»Siehst du ihn jetzt?«, fragte Cola.

Ich sah ihn. Ich hatte ihn früher schon mal gesehen, aber seitdem war er gewachsen. Herbie Murdochs preisgekrönter Keiler wog inzwischen etwa dreihundertfünfzig Kilo. Mit seinem pechschwarzen Fell sah er aus, als wäre er eine Kreuzung aus einem Gorilla und einem riesigen Stachelschwein, er hatte zwei Hauer, so lang wie Sicheln, und die Borsten auf seinem Rückgrat gehörten eigentlich auf eine Gefängnismauer – er war ein echter, ausgewachsener Razorback-Keiler aus den Ozark Mountains, der Star und die Hauptattraktion vom »Himmel der Schweine«, Herbies Streichelzoo an der Route 10. Dort gab es das übliche Sortiment – Ponys, Esel, Kälber, Schafe, Ziegen, Kaninchen, Hühner –, doch Herbies besondere Liebe galt den Schweinen. Er hatte winzige Schweine aus Asien, schöne Schweine aus Afrika, normale Schweine aus den USA, Europa und England – und das Schwein, das uns jetzt riesig, bedrohlich und wild gegenüberstand: Big John.

»Siehst du ihn jetzt?«, fragte Cola.

»Ich sehe ihn«, sagte ich.

»Und was wirst du jetzt machen?«

»Darüber denke ich gerade nach.«

»Was gibt's da nachzudenken, Sheriff?«, fragte Cola. Er legte die Hand an den Griff der Automatic an seinem Gürtel. »Lass mich das erledigen«, sagte er. »Ich mach das schon. Für mich ist das Mistvieh nichts weiter als ein großer Haufen Gratisspeck.«

»Nein«, sagte ich. »Warte.«

»Ist sowieso schon zu spät«, sagte er und sah zurück auf den Weg, den wir gekommen waren. Dort näherten sich zwei Gestalten: Homer Patch, der Constable aus Gilead, und Millie Pickens vom Tierschutzverein. Homer trug über der Schulter ein schweres, zusammengelegtes Netz. Millie Pickens hatte ein Luftgewehr. Die beiden waren ein hübsches Paar. Homer war über eins neunzig groß und breit gebaut, und Millie reichte ihm ungefähr bis zum Ellbogen. Neben Homer sah sie aus wie ein Spätzchen. Sie wirkten wie ein Komödiantenduo aus alter Zeit, doch sie waren nicht zu Späßen aufgelegt, jedenfalls Millie nicht und jedenfalls nicht heute. Aber wann war sie je zu Späßen aufgelegt?

»Dieses Tier leidet, Sheriff«, sagte sie, als die beiden bei uns angekommen waren. Big John zerrte grunzend und schnaubend an der Kette, wühlte mit den Klauen die Erde auf, schwenkte die gelben Hauer und wollte uns erledigen.

»Es steht unter erheblichem Stress«, sagte Millie Pickens. »Es könnte jeden Moment einen Herzinfarkt haben und sterben.«

»Was schlagen Sie vor?«

»Zunächst einmal müssen wir es von der Kette befreien, denn die verursacht diesen Stress. Wir müssen es losmachen.«

»Nur zu«, sagte ich. Cola kicherte.

»Vorher müssen wir es natürlich betäuben«, sagte Millie und nahm das Gewehr von der Schulter. »Das ist eine Betäubungswaffe.«

»Das hier auch«, sagte Cola und legte die Hand an die .45er. »Aber bei der hier dauert der Schlaf dann viel länger.«

Das war nicht das, was Millie hören wollte. Sie wandte sich zu mir. »Sheriff?«

»Okay, Miss Pickens«, sagte ich. »Dann machen Sie mal.«

Millie brauchte zwei Pfeile, aber schließlich lag Big John lang ausgestreckt und friedlich schnarchend da. Cola ging in die Werkstatt, holte einen Bolzenschneider und befreite den Keiler von der Kette. Millie kniete neben Big John nieder, horchte ihn mit einem Stethoskop ab, hob die Lefzen an, untersuchte die Zähne, dann die Ohren und schließlich die Klauen.

»Ein großartiges Tier«, sagte sie.

»Bestimmt«, sagte ich. »Wie lange wird es dauern, bis er aufwacht?«

»Schwer zu sagen.«

»Na, dann an die Arbeit. Sind Sie einverstanden, Miss Pickens?«

»Ja, Sheriff.«

Während wir Big John im Auge behalten hatten, waren Deputy Treat und ein paar Männer von der freiwilligen Feuerwehr eingetroffen. Homer breitete neben dem gewaltigen Keiler sein Netz aus, und dann wälzten wir das Tier darauf und schleiften es durch den Wald zu Colas Werkstatt, wo wir es mit einem Flaschenzug auf die Ladefläche eines Pick-ups hievten. Big John wurde fürs Erste in der geschlossenen Abteilung des Tierheims untergebracht. Herbie Murdock oder sein Kümmerer würden ihn dort abholen, vorher aber auf jeden Fall die Umzäunung verstärken müssen.

»Danke für Ihre Hilfe, Sheriff«, sagte Millie Pickens. »Ich meine, für Ihre Kooperation. Ich kann mir vorstellen, was Hitchcock getan hätte.«

»Wenn Cola Big John hätte erschießen wollen«, sagte ich, »hätte er's getan, ohne uns was zu sagen. Er ist gar nicht so übel.«

»Nein, ist er nicht, aber trotzdem danke.«

»Okay, Miss Pickens«, sagte ich.

»Millie.«

»Okay, Millie«, sagte ich. »Dann wäre das also erledigt.«

»Ja«, sagte Millie. Und dann: »Sie haben einen schweren Job, Sheriff.«

»Wie meinen Sie das?«

»Na ja, all die Anrufe, die Einsätze. Ich meine, als Sie heute Morgen aufgestanden sind, haben Sie da gedacht, dass Sie demnächst ein riesiges betäubtes Schwein durch den Wald schleppen würden? Zusätzlich zu dem üblichen Zeug – den Rasern, den Frauenprüglern, den Einbrechern. So viele Einsätze.«

»Wir vom Sheriff Department sind vielseitig, Millie«, sagte ich. »Darum werden wir auch so gut bezahlt.«

Nach Big Johns Abtransport löste sich die Versammlung bei Cola auf. Homer saß schon in seinem Pick-up und wollte gerade losfahren. Ich hielt ihn an. Homer und ich mussten reden, auch wenn Homer das wahrscheinlich anders gesehen hätte. Pech für Homer. Ich hatte zwei junge Ausreißer, und ich hatte ein geheimnisvolles Lager im Wald, und ich wollte, dass Homer mir half, beides zusammenzubringen. Ich war mir ziemlich sicher, dass er das konnte. Es ging darum, Verbindungen herzustellen, und in diesem Tal ist alles miteinander verbunden.

»Homer?«, sagte ich. »Kann ich dich mal kurz sprechen?«

Homer sah mich argwöhnisch an. »Eigentlich will ich nach Hause«, sagte er.

»Dauert nicht lange«, sagte ich. »Ich lade dich auf einen Kaffee ein.«

BEI HUMPHREY

Ein alter Witz: Es gibt Polizisten ohne Uniform. Es gibt Polizisten ohne Dienstmarke. Es gibt sogar Polizisten ohne Waffen. Aber es gibt keine Polizisten ohne Doughnuts.
Constable Homer Patch und ich – beide gewissermaßen Polizisten – saßen bei Humphrey in der hinteren Nische und verhielten uns dem Witz entsprechend. Bei Humphrey gab es einen Zimtdoughnut, der einen Abstecher wert war, sofern er nicht allzu lang war, was er im Fall von Humphrey allerdings nie war.
Ich ließ mir Zeit, bis Homer einen Schluck Kaffee getrunken und in seinen Doughnut gebissen hatte. Dann machte ich mich ans Werk.
»Kennst du diese jungen Leute, die im Wald bei der alten Truax kampieren?«, fragte ich ihn.
»Wo?«, fragte Homer.
»Im Wald bei Constance Truax. Miss Truax. Der Lehrerin.«
»Ach, *die* Truax«, sagte Homer. »Was ist mit ihr?«
»Mit ihr ist gar nichts, Constable«, sagte ich. »Aber mit den jungen Leuten im Wald.«
»Was für jungen Leuten?«
Ich sah Homer an und trank einen Schluck Kaffee.

»Ich weiß nicht, wovon du redest«, sagte Homer.
Ich biss in meinen Doughnut.
»Pass auf, Lucian«, sagte Homer, »ich will nicht, dass irgendjemand Ärger kriegt.«
»Niemand kriegt Ärger«, sagte ich. »Jedenfalls noch nicht. Die beiden im Wald sind ein junger Mann und eine junge Frau. Sie ist aus einem anderen Bundesstaat. Ihre Eltern suchen sie. Der junge Mann ist Duncan March.«
Jetzt trank Homer einen Schluck Kaffee.
»Ich kann ihnen helfen«, sagte ich, »aber dazu muss ich sie erst finden. Wo sind sie?«
»Wie kommst du darauf, dass ich das weiß?«
»Constable?«
Homer hob den Kaffeebecher an den Mund und setzte ihn wieder ab. »Wahrscheinlich in ihrem Lager. Du hast sie verpasst, oder sie sind weggerannt, als sie dich haben kommen hören.«
»Die junge Frau heißt Pammy?«, sagte ich. »Pammy DeMorgan?«
»Ihren Nachnamen kenne ich nicht. Ein hübsches Mädchen, sagt nicht viel. Sie standen am Dienstagabend auf einmal vor meiner Tür. Ob sie für eine Nacht bleiben könnten? Klar, kein Problem. Aber ich hab Amy in Kalifornien angerufen. Sie ist schließlich Duncans Mutter und sollte wissen, wo er ist. Wo Buster gerade war, wusste keiner.«
»Wie üblich«, sagte ich.
»Wie üblich«, sagte Homer.
Homer und Duncans Mutter Amy waren Cousins. Homer kannte Duncan von klein auf. Dass sich Duncan und Pamela an ihn gewendet hatten, nachdem sie aus der Schule verschwunden und per Anhalter in unser Tal gefahren waren,

lag also ziemlich nahe. An wen sonst hätten sie sich wenden können? Homer hatte gesagt, sie könnten auch länger bleiben, aber Duncan hatte nicht gewollt. Er hatte gesagt, er kenne da eine Stelle, und damit offenbar das Waldstück hinter Miss Truax' Haus gemeint.

Homer fand das in Ordnung, solange er und Amy wussten, wo die beiden waren. Wie so viele Eltern, die zwischen sich und ihre Kinder einen ganzen Kontinent gelegt haben, machte Amy sich ständig Sorgen. Sie befürchtete, Duncan könnte das Mädchen – das anscheinend noch nicht volljährig war – entführt haben oder zumindest wegen Entführung angeklagt werden.

»Außerdem«, sagte Homer, »fürchtet sie, Pammy könnte du-weißt-schon-was sein.«

»Und? Ist sie das?«, fragte ich.

»Sie sagt nein. Sie sagt, das kann nicht sein. Sie sagt, sie haben nicht … sie wollten nicht … sie …«

»Ha«, sagte ich. »Hast du mal einen Blick in das Zelt geworfen?«

»Hab ich«, sagte Homer.

»Da ist nur ein Schlafsack, stimmt's?«

»Na und?«, sagte Homer.

»Wach auf, Constable«, sagte ich.

»Wach doch selbst auf, Sheriff«, sagte Homer. »Du solltest vielleicht nicht immer nur an das eine denken.«

»Da hast du wahrscheinlich recht«, sagte ich. »Sie spielen bestimmt die ganze Nacht Canasta oder Dame. So wird's sein.«

»Ist mir egal«, sagte Homer. »Sie sagt jedenfalls, sie ist nicht du-weißt-schon-was. Dunc sagt dasselbe. Ich glaube ihnen.«

»Warum?«

»Weiß ich nicht.«
Ich erzählte Homer von dem großmächtigen Anwalt aus New York, der auf der Spur des Mädchens hier aufgetaucht war, und von dem noch großmächtigeren Boss des Anwalts und Stiefvater des Mädchens, Rex Lord. Homer sagte, den hätten sie erwähnt.
»Um was geht es eigentlich?«, fragte ich ihn. »Haben sie das gesagt? Hat ihr Stiefvater ihr das Taschengeld gestrichen? Zwingt er sie, ihr Zimmer aufzuräumen? Ist er gemein zu ihrer Katze?«
Homer sah mich über den Tisch hinweg an.
»Schlägt er sie?«, fragte ich ihn.
»Das sagt sie nicht.«
»Aber du glaubst, dass er sie schlägt«, sagte ich.
»Dunc glaubt es«, sagte Homer. »Dunc glaubt, dass er noch Schlimmeres tut.«
»Schlimmeres?«
Homer nickte.
»Okay«, sagte ich, »das hab ich verstanden. Und was ist jetzt ihr Plan?«
»Sie haben keinen«, sagte Homer. »Wahrscheinlich stellen sie sich vor, dass sie sich für den Rest ihres Lebens in Miss Truax' Wald verstecken. Vielleicht bauen sie sich da oben ein kleines Häuschen. Du weißt schon: mit weißen Fensterrahmen, Rosen, einem weißen Zaun, jeder Menge Weinranken und einem guten Kabelanschluss.«
»Aber nur einem Schlafsack«, sagte ich.
»Über den Schlafsack kommst du nicht weg, was?«
»Mein Instinkt, Constable«, sagte ich.
»Sagt dein Instinkt dir auch, was du jetzt tun sollst?«
»Das wollte ich dich gerade fragen«, sagte ich.

»Sie glauben, dass ihr Stiefvater sich zusammenreimt, wo sie sind, und Leute schickt, die sie holen sollen. Sie wollen Schutz«, sagte Homer.

»Da kann ich ihnen nicht helfen«, sagte ich, »oder jedenfalls nicht sehr. Sie brauchen einen Babysitter. Ich habe vier Deputys, zwei Funker und den Teilzeithausmeister, das alles in einem County, das zweitausend Quadratkilometer groß ist und in dem vierzigtausend Menschen leben. Ich hab kein Personal, das ich abstellen könnte, um zwei Schüler zu bewachen.«

»Aber du könntest dich mit dem Fall befassen«, sagte Homer. »Du könntest mit ihnen reden. Mal in ihrem Lager vorbeischauen, nach Fremden Ausschau halten. Das könntest du tun.«

»Das habe ich sowieso vor«, sagte ich.

»Darauf wollte ich ja raus.«

»Okay«, sagte ich. »Dann werde ich das tun.«

Wir saßen da, tranken Kaffee und betrachteten zum tausendsten Mal Humphreys besonderes Dekor: gerahmte Titelseiten von Zeitungen aus den vergangenen fünfundsiebzig Jahren. Da war die ganze Parade: Pearl Harbor, die Bombe, John F. Kennedy, Robert F. Kennedy, Martin Luther King, Vietnam, das World Trade Center. Die Nachrichten eines ganzen Lebens, des eigenen Lebens, ausgebreitet vor dem Blick. Die Nachrichten unseres Lebens, und sie waren allesamt schlecht.

»Was hat er bloß, Constable?«, sagte ich.

»Wer? Der Stiefvater?«

»Nein«, sagte ich. »Humphrey, der Besitzer von diesem Laden. Was hat er bloß?«

»Wie meinst du das? Hat er irgendwas?«

»Na, das hier. Nichts als Krieg, Tod, Zerstörung und Katastrophen. Denkt er, das macht den Leuten Appetit oder was?«
»Du bist deprimiert, stimmt's?«, sagte Homer. »Iss lieber noch einen Doughnut.«
So war Homer – ein schlichtes Gemüt. Oder vielleicht auch nicht? Ein stiller alter Bursche, der nicht viel zu sagen hatte. Aber er besaß einen ziemlich schrägen Humor, den nicht jeder zu schätzen wusste. Wingate zum Beispiel nicht. Als Wingate in Ruhestand ging, hätte Homer den Posten übernehmen können, aber er war Wingate ... wie soll ich sagen? Unbehaglich. »Ich weiß nicht, ob er zu schlau für den Job ist oder zu dämlich«, sagte Wingate, »aber eins von beiden ist er. So jemanden will ich nicht. Bei dir mache ich mir da keine Sorgen.«
Wenn man's recht bedenkt, hat Wingate vielleicht ebenfalls einen ziemlich schrägen Humor. Und der Sinn für Humor sagt natürlich was über das Denken aus, oder? Er hat was mit dem Hirn zu tun. Und Hirn, das fanden viele im Tal, hatte Homer nicht gerade viel. Sie fanden, er sei ein bisschen schwer von Begriff. Addison fand das. Clemmie fand das. Ich fand das nie.

Als ich etwa einen Tag später die Bankfiliale im Cardiff Center verließ, traf ich den Brautvater. Addison kam gerade die Treppe herunter. War er beruflich oder privat unterwegs? Beruflich, hoffte ich. Clemmie und ich werden nicht ewig jung sein, und das County kümmert sich nicht besonders gut. Addison ist unsere Rentenversicherung – oder sollte es jedenfalls sein.
Ich hielt ihn an, um ein bisschen zu plaudern. Wir lehnten in der plötzlich warmen Frühlingssonne an meinem Pick-up.

Die Narzissen vor der Bank waren aufgeblüht und schwankten fröhlich über dem jungen Gras. Es waren ein paar Dutzend, allesamt frisch und kerngesund. Als würde die Nähe von Geld ihnen guttun. Gilt das nicht auch für uns?
Ich erzählte Addison von meiner Unterhaltung mit Homer, von dem Lager der beiden jungen Leute und Amys Sorgen.
»Sie hat allen Grund, sich zu sorgen«, sagte Addison. »Was läuft da zwischen den beiden?«
»Nichts, sagt Homer. Jedenfalls nicht das, was du denkst.«
Addison zog die Augenbrauen hoch.
»Allerdings«, fuhr ich fort, »kommen sie in ihrem Lager mit einem einzigen Schlafsack aus.«
»Ah«, sagte Addison und schüttelte den Kopf. »Zwei Liebende, die füreinander brennen, geboren unter einem bösen Stern, verloren für den ganzen Rest der Welt. Klingt wie Romeo und Julia, findest du nicht?«
»Keine Ahnung«, sagte ich. »Sind sie denn wie Romeo und Julia?«
»Aber ja«, sagte Addison. »Ach, junge Liebe ist was Schönes.« Er hielt inne, dann schüttelte er den Kopf. »Andererseits gibt's da auch eine Kehrseite. Ich meine, sieh dir nur an, was aus Romeo und Julia geworden ist.«

ROMEO
UND JULIA

Ich musste diese jungen Leute mit eigenen Augen sehen. Ich parkte den Pick-up bei Miss Truax. Sie stand vor ihrem Haus. Ich fragte sie, ob die Camper noch immer in ihrem Wald seien.

»Ja, ich glaube schon«, sagte sie. »Zumindest höre ich von Zeit zu Zeit die Flötenmusik. Inzwischen gefällt sie mir ganz gut. Ich hoffe, Sie sind nicht hergekommen, um irgendjemandem Ärger zu machen, Sheriff.«

»Die sind auf Ihrem Grund, Ma'am«, sagte ich. »Solange Sie einverstanden sind, dass die beiden da oben kampieren, werde ich ihnen keinen Ärger machen. Ich hab Besseres zu tun.«

»Sie sagen ›die beiden‹, als ob Sie wüssten, dass es mehr als einer ist.« Miss Truax war nicht auf den Kopf gefallen. »Wissen Sie das denn?«

»Das hab ich gehört«, sagte ich.

»Da.« Sie legte den Kopf schräg wie ein kluger Hund und lauschte. »Da ist sie wieder.« Auch ich hörte es: ein melodisches Flöten, beinah wie der leise Singsang eines Kindes, zart, aber erkennbar.

»Hören Sie das?«, fragte Miss Truax.

»Ja«, sagte ich. »Ich geh mal rauf – offenbar sind sie ja zu Hause.«

»Soll ich mitkommen?«

»Nicht nötig«, sagte ich. »Ich weiß, Sie haben zu tun.«

Miss Truax lachte. »Zu tun?«, sagte sie. »Ich habe überhaupt nichts zu tun, Sheriff. Was ich habe, ist Zeit.«

Damit hatte sie wohl recht. Constance Truax hatte dreißig Jahre lang die achte Klasse in Jordan unterrichtet. Sie hatte zwei Generationen des Tals beobachtet, unterwiesen und beaufsichtigt – oder es jedenfalls versucht. Dann hatte sie sich zur Ruhe gesetzt, ihr Haus im Dorf verkauft und sich zehn Morgen in Gilead gekauft, so tief im Wald, wie es nur ging, weit entfernt von Straßen, Geschäften und Nachbarn – und weit, weit entfernt von Achtklässlern.

Miss Truax ließ sich ein einfaches Blockhaus bauen und legte einen großen Garten an. Von nun an, verkündete sie, würde sie sich in der Zeit, die ihr noch verblieben sei, auf Gemüse beschränken. Gemüse pflanzt man auf einem sonnigen Fleckchen an und bewässert es, und meistens wird etwas daraus. Bei Achtklässlern, hatte Miss Truax festgestellt, ist das nicht immer der Fall – insbesondere bei den Jungen.

»Sind Sie sicher, dass ich nicht lieber mitkommen sollte?«, fragte sie.

»Ich krieg das schon hin«, sagte ich.

Ich ging um das Haus herum, durch den Garten und in den Wald, vorbei an den Seilhanfstauden und zum Lager. Eine junge Frau saß im Schneidersitz vor dem Zelt. Sie war blond und zierlich. Siebzehn, hatte Carl Armentrout gesagt. Das kam ungefähr hin. Sie spielte Flöte, doch als sie mich kommen sah, legte sie das Instrument beiseite, sprang auf, drehte sich zum Zelt um und sagte etwas. Ich ging weiter bis zum Lager.

»Pamela?«, sagte ich. »Pammy? Pammy DeMorgan?«

Sie sagte nichts, aber die Zeltklappe wurde geöffnet, und Duncan March kroch heraus und stellte sich neben sie. Sie reichte ihm bis zum Schlüsselbein. In der Rechten hielt Duncan einen Baseballschläger. Er nickte mir zu, höflich, aber ohne so zu tun, als würde er sich freuen, mich zu sehen.

»Sheriff?«, sagte er. Und zu der Frau: »Alles in Ordnung.«

Ich kannte Duncan. Ein bisschen jedenfalls. Ich kannte ihn vom Sehen, wenn wir uns irgendwo begegneten, nickten wir einander zu, aber mehr nicht, und seit ein paar Jahren, seit er auf diese Schule ging, hatte ich ihn gar nicht mehr gesehen. Football lag ihm anscheinend. Er war gewachsen, größer als ich, an die eins neunzig, und wog ungefähr neunzig Kilo. Was man meint, wenn man sagt »gut gebaut«.

»Wie geht's, Duncan?«, sagte ich. »Hab dich eine Weile nicht gesehen. Wie läuft's in der Schule?«

»Ich hab gerade den Abschluss gemacht.«

»Gut«, sagte ich. »Dann gehst du im Herbst aufs College?«

»University of Michigan.«

»Michigan?«, sagte ich. »Klingt nach Football.«

»Ja«, sagte Duncan. Er sah das Mädchen an. »Das ist Pammy«, sagte er.

Ich nickte ihr zu. »Ihr seid Klassenkameraden?«, fragte ich.

Sie schüttelte den Kopf.

»Wir sind nicht im selben Jahrgang«, sagte Duncan. »Pammy macht nächstes Jahr ihren Abschluss. Was wollen Sie, Sheriff? Haben wir irgendwas verbrochen?«

»Unbefugtes Kampieren vielleicht«, sagte ich. »Aber die Besitzerin scheint nichts dagegen zu haben, und wenn sie nichts dagegen hat, hab ich auch nichts dagegen. Ihr habt also nichts verbrochen. Ich wollte nur mal vorbeischauen und sehen, ob alles in Ordnung ist. Ich weiß gern, was los ist. Man könnte sagen, das ist mein Job.«

»Alles in Ordnung«, sagte Duncan. »Kein Problem.«

»Wozu dann der Baseballschläger?«

Duncan und Pammy sahen einander an.

»Macht euch irgendjemand Ärger?«, fragte ich.

»Nein, keiner«, sagte Duncan. Aber Pammy sah mich an.

»Dein Stiefvater?«, fragte ich sie. Sie gab keine Antwort, aber Duncan sagte: »Ja, ihr Stiefvater. Und seine Freunde. Er hat ... Leute.«

»Ich weiß«, sagte ich. »Einen von ihnen hab ich kennengelernt.«

Mit einem Mal schienen die beiden auf der Hut.

»Was wissen Sie sonst noch, Chief?«, fragte Duncan.

»Nicht viel. Pamelas Vater – oder Stiefvater oder was auch immer er ist – will, dass sie nach Hause kommt. Er lässt nach ihr suchen. So hab ich die Bekanntschaft eines Anwalts namens Carl Armentrout gemacht. Er arbeitet für Pammys Vater. Kennt ihr ihn?«

»Nein«, sagte Duncan. »Aber er hat viele. Viele Leute.«

»Hector zum Beispiel«, sagte Pammy.

»Wer ist Hector?«, fragte ich.

»Auch so ein Typ von Rex«, sagte sie.

»Dieser Anwalt soll uns also finden?«, sagte Duncan.

»Das will er«, sagte ich.

»Was haben Sie ihm gesagt?«

»Dass ich euch suchen werde. Und da bin ich.«

»Haben Sie ihm gesagt, dass Sie unser Zelt gefunden haben?«

»Ich hab ihm gesagt, wenn ich euch finde, sehen wir weiter.«

»Aber Sie sind der Sheriff, oder?«, sagte Duncan. »Sie sind die Polizei.«

»Sieht so aus«, sagte ich.

»Dann ist doch alles klar«, sagte Duncan. »Sie haben Ihre Befehle. Sie sind vereidigter Polizist. Wenn Sie uns finden, müssen Sie Pam an ihren Stiefvater übergeben. Oder es wenigstens versuchen. Sie arbeiten für ihren Stiefvater.« Er legte den Baseballschläger über die Schulter und war bereit.

»Nein«, sagte ich. »Ich arbeite für das County. Bin ich vereidigt? Ich glaube schon, aber nicht auf Mr Lord. Und auch nicht auf seine Leute. Ich mache meine Arbeit, wie ich es für richtig halte, und jeder, dem das nicht passt, kann das nächste Mal einen anderen wählen.«

Pamela sah zu Duncan auf. Er beugte sich zu ihr hinunter, so dass sie ihm etwas ins Ohr flüstern konnte. Ich konnte es nicht hören, aber Duncan sah mich an und sagte. »Okay.« Er legte den Schläger hin. »Dann können wir fürs Erste hier bleiben?«

»Fürs Erste«, sagte ich. »Was habt ihr eigentlich vor?«

»Wir wollen uns mit Pams Mutter in Verbindung setzen«, sagte Duncan.

»Wo ist sie?«

»Auf einem Schiff.«

»Einem Schiff?«

»Einem großen Schiff«, sagte Pamela. »Einem Kreuzfahrtschiff.«

»Und wenn ihr euch mit ihr in Verbindung gesetzt habt? Was kann sie tun?«, fragte ich.

»Sie kann Geld schicken«, sagte Pamela. »Uns hier rausholen.«

»Wann könnt ihr sie erreichen?«

»In ein paar Tagen«, sagte Pamela. »Ende des Monats ist sie in Zürich. Das ist in der Schweiz.«

»Na, dann bleibt erst mal hier«, sagte ich. »Macht weiter, was ihr bisher gemacht habt. Lasst euch nicht sehen. Ich bin in der Gegend. Wenn es irgendwelchen Ärger gibt, ruft ihr mich an. Verstanden? Bei Ärger Anruf. Versuch gar nicht erst, den Schläger da zu schwingen. Verstanden?«

Die beiden nickten. »Keine Sorge«, sagte ich zu Pamela. »Hier oben kann dein Vater dich nicht finden.«

»Doch, kann er«, sagte sie.

Und er konnte.

Clemmie zog ihr Nachthemd an. Ich lag halb eingeschlafen im Bett und sah ihr zu.

»Was ist eigentlich aus Romeo und Julia geworden?«, fragte ich sie.

»Aus wem?«

»Romeo und Julia.«

»Du meinst in dem Stück? Wie kommst du darauf?«

»Dein Vater hat so eine Bemerkung gemacht. ›Sieh dir nur an, was aus Romeo und Julia geworden ist.‹ Was ist denn aus ihnen geworden?«

»Sie sind gestorben«, sagte Clemmie.

»Bist du sicher?«

»Ja«, sagte Clemmie, schlug die Decke zurück und legte sich neben mich ins Bett.

»Gestorben, hm?«, sagte ich. »Schade. Ich dachte, sie hätten geheiratet.«

»Haha«, sagte Clemmie. »Sehr witzig.«

Clemmie ist stellvertretende Geschäftsführerin des Hotels in Cardiff. Außerdem macht sie eine Ausbildung zur Sozialarbeiterin für Schulen. Sie sagt, die braucht sie, weil sie mit mir zusammen ist. Ich verstehe eigentlich nicht ganz, was sie damit meint. Ich bin ein sehr umgänglicher Mensch. Der umgänglichste Mensch der Welt. Oder etwa nicht?

»Und du bist sicher, dass sie nicht geheiratet haben?«, sagte ich.

»Das passiert nur im wirklichen Leben«, sagte Clemmie. Sie nahm die Brille ab und legte sie auf den Nachttisch. Dann tätschelte sie meine Brust und gab mir einen kleinen Kuss aufs Ohr. »Schlaf gut, Sheriff.«

SCHWERGEWICHTE

Wenn Clemmie und ich keinen Streit hatten, hielt ich abends auf dem Heimweg oft am Inn, trank ein Bier und wartete, bis Clemmie ihre Schicht am Empfang beendet hatte. Zum Hotel gehörte eine nette, stille kleine Bar gleich neben dem Eingang, getrennt vom Speisesaal. Dort las ich die Zeitung oder unterhielt mich mit Alan, dem Barmann, sofern er dazu aufgelegt war. Es gab vier Barhocker und zwei Nischen. An diesem Abend war ich der einzige Gast, setzte mich auf den Hocker am Ende der Theke und bestellte ein Bier. Alan brachte es mir und kehrte in seine Ecke zurück. Ich sah mich gerade um, ob vielleicht jemand eine Zeitung hatte liegen lassen, als Carl Armentrout sich auf den Hocker neben mir setzte.
»Hallo, Sheriff«, sagte er. »Was trinken Sie?« Er sah an der Theke entlang. Alan spülte Gläser und ignorierte uns. Wenn er nicht hinterm Tresen stand, war Alan Schriftsteller, und wahrscheinlich entwarf er gerade die Handlung eines neuen Buches. Entwirft man ein Buch? Ich habe keine Ahnung. Armentrout klopfte ungeduldig auf die Theke. Alan reagierte nicht. Armentrout klopfte noch einmal.
»Wollen Sie was trinken, Mr Armentrout?«, fragte ich ihn.
»Wild Turkey on the rocks.«

»Dann hören Sie auf zu klopfen. Das funktioniert hier nicht.«
»Ach nein?«, sagte Armentrout. »Tja, wenn der sich nicht bald in Bewegung setzt, gibt's eben kein Trinkgeld. Ich wette, das funktioniert.«
»Auch nicht«, sagte ich.
Alan kam, nahm Armentrouts Bestellung auf und machte sich ans Werk. Armentrout wandte sich zu mir. »Wir sind ein bisschen enttäuscht von Ihnen, Sheriff«, sagte er.
»Ach je«, sagte ich. »Warum denn?«
»Das wissen Sie doch. Wir hatten erwartet, in der Angelegenheit des Verschwindens von Mr Lords Stieftochter bald von Ihnen zu hören. Wir haben aber nichts gehört.«
»Es gab auch nichts zu berichten«, sagte ich. »Wir arbeiten daran.«
»Wer ist wir?«
»Ich, meine Deputys, der Constable. Die Jagdaufseher.«
»Und Sie durchsuchen die Wälder, wie Sie gesagt haben?«
»Von früh bis spät, landauf, landab. Wir drehen jeden Stein um.«
»Wie viele Leute haben Sie alles in allem?«
»Tja, vier Deputys, Constable Patch, die Jagdaufseher – insgesamt zehn.«
»Nicht genug«, sagte Armentrout.
»Sie wollten eine stille Suche«, erinnerte ich ihn. »›Diskretion‹, haben Sie gesagt. Sie wollen mehr Männer? Ganz einfach: Rufen Sie die State Police an. Erstatten Sie eine Vermisstenanzeige.«
»Keine Anzeige«, sagte Armentrout. »Keine Polizei.«
Alan brachte Armentrouts Whiskey. »Und noch ein Bier für den Sheriff«, sagte Armentrout.
»Nein, danke«, sagte ich. »Ich bin noch versorgt.«

»Bringen Sie ihm noch eins«, sagte er zu Alan. Und zu mir: »Na kommen Sie schon, Sheriff – wollen Sie nicht mit mir anstoßen?«

»Wahnsinnig gern«, sagte ich, »aber ich muss gehen.« Clemmie stand in der Tür. Ich erhob mich.

Armentrout drehte sich um und musterte Clemmie von Kopf bis Fuß.

»Kann ich Ihnen nicht verdenken, Sheriff«, sagte er. »Das würde ich auch tun. Sie ist hier die Geschäftsführerin, stimmt's?«

»Stellvertretende Geschäftsführerin.«

»Und Sie beide sind ein Paar?«

»Manchmal. Wir sind verheiratet.«

Armentrout wandte den Blick nicht von Clemmie, die in der Tür stand und keine Anstalten machte hereinzukommen.

»Sie sind ein Glückspilz, Sheriff«, sagte er. »Die ist ein Prachtstück. *Mein* Hotel dürfte sie jederzeit führen.«

»Vorsicht mit Ihren Wünschen, Mr Armentrout«, sagte ich und ging zum Eingang. »Ich gebe Ihnen Bescheid, wenn die beiden auftauchen. Wo finde ich Sie?«

»Tun Sie das unbedingt, Sheriff. Was mich betrifft: Ich bin in der Gegend, immer in der Nähe. Sie werden mich nicht finden müssen. Ich finde Sie.«

»Was für ein Arschloch«, sagte Clemmie.

»Carl Armentrout? Du kennst ihn? Ist er hier Gast?«

»Ist er«, sagte Clemmie. »Ich und alle anderen wünschten, er wäre es nicht. Aber er heißt nicht Carl Armentrout. Jedenfalls ist das nicht der Name, unter dem er sich eingetragen hat. Er heißt Bascom oder Bassett oder so. Nicht Armentrout.«

67

»Wie lange ist er schon da?«

»Drei, vier Tage? Zu lange für meinen Geschmack. Er ist ein Rüpel und ein Schwein. Er grabscht die Zimmermädchen an, er kneift und befummelt sie. Ekelhaft. Bei mir hat er's auch schon probiert.«

»Hat er das?«

»Das macht dich bestimmt ganz wild vor Eifersucht, stimmt's?«

»Ganz wild.«

»Du siehst allerdings nicht besonders wild aus«, sagte Clemmie.

»Doch, doch, bin ich aber.«

»Tatsächlich?«, sagte Clemmie. »Auf mich wirkst du eher nachdenklich.«

»Stimmt«, sagte ich. »Du hast den Nagel auf den Kopf getroffen. Ich bin nachdenklich. Ich arbeite nicht gern für Leute, die mich finden, aber ich sie nicht. Ich arbeite auch nicht gern für Leute, die mehrere Namen haben. So was macht mich nachdenklich.«

Miss Truax war aufgeregt. Sie rief gegen Mittag an. In ihrem Wald war irgendwas los, bei ihrer marihuanalosen Marihuanaplantage. Sie hatte Fahrzeuge und Schreie gehört. Und ein Knallen wie von Knallfröschen. Was machten diese Jugendlichen da? Ich wusste es nicht, aber ich wusste, dass heute nicht der 4. Juli war.

Deputy Treat war am nächsten dran, also beorderte ich ihn dorthin, während ich den längeren Weg nehmen wollte, den alten Holzabfuhrweg, der um den Berg herum und von Süden zu Duncans und Pamelas Lager führte. Für einen Streifenwagen und sogar für meinen Pick-up war dieser Weg unbefahrbar, aber das Sheriff Department besaß ein Quad mit Reifen wie ein Mondfahrzeug. Mit dem Ding konnte man alles außer auf Bäume klettern. Ich lud es auf den Pick-up und fuhr los.

Als ich zu der Stelle kam, wo der Abfuhrweg von der Straße abzweigte, sah ich, dass jemand anders dieselbe Idee und mehr oder weniger dieselbe Ausrüstung gehabt hatte. Das war nicht gut. Es waren tiefe, breite Reifenspuren zu sehen. Allerdings führten sie, soweit ich es erkennen konnte, in beide Richtungen. Wer immer da raufgefahren war, war auch wieder runtergekommen. Schon besser.

Ich rumpelte, holperte, röhrte den stellenweise wirklich sehr steilen Weg hinauf. Von hier aus war das Lager tiefer im Wald, als ich gedacht hatte, fast einen Kilometer von der Straße entfernt.

Deputy Treat erwartete mich am Lager oder dem, was davon übrig war. Irgendjemand hatte sich ausgetobt. Das Zelt war halb zusammengefallen und an mehreren Stellen zerfetzt. Das Essen, die Kleider und die anderen Sachen, die darin gewesen waren, lagen zertrampelt herum. Es sah aus, als hätte sich ein Bär darüber hergemacht und alles in der Gegend verteilt, wie Bären es tun, wenn sie was Essbares suchen. Treat und ich standen da und betrachteten das Chaos.

»Die haben das Zelt mit einem Messer aufgeschlitzt«, sagte ich.

»Und nicht nur das, Sheriff«, sagte Treat. Er zeigte auf ein Dutzend Löcher in der Zeltbahn. Kleine Löcher. Einschusslöcher.

»Die hab ich gefunden«, sagte er, griff in die Tasche und holte zwei 9-mm-Messinghülsen hervor. »Und da sind noch mehr. Sie haben einfach ins Zelt geschossen.«

»Allerdings«, sagte ich. »Die haben sogar das Gedichtbuch von dem Mädchen erschossen.« Addisons Freund W. B. Yeats lag im zertrampelten Gras und hatte zwei Kugeln abgekriegt.
»Sheriff? Sheriff Wing?«
Wir drehten uns um. Duncan und Pamela kamen aus dem Wald auf uns zu, Duncan voraus, Pamela hinter ihm, die Flöte in der Hand.
»Seid ihr unverletzt?«, fragte ich.
Duncan nickte. Er war etwas außer Atem. »Wir haben sie kommen hören und uns im Wald versteckt«, sagte er. »Sie haben geschossen.«
»Mit Pistolen«, sagte Pamela.
»Wie viele?«, fragte ich.
»Zwei. Sie sind mit einem Quad gekommen, einer ist gefahren, der andere saß hinten.«
»Kanntet ihr einen davon?«
Duncan schüttelte den Kopf und sah Pamela an. »Sie kennt einen.«
»Hector«, sagte Pamela.
»Den hast du schon mal erwähnt«, sagte ich. »Einer von den Angestellten deines Stiefvaters?«
»Nein«, sagte Pammy. »Bei Hector ist das anders. Er ist ... ich weiß nicht, irgendwas Höheres.«
»Und er war hier? Er hat das Lager zerstört? Ihr habt ihn gesehen?«
Pamela nickte. »Was sollen wir jetzt machen, Sheriff?«, sagte Duncan. »Die wissen, wo wir sind. Die werden zurückkommen.«
»Worauf ihr euch verlassen könnt«, sagte ich. »Also packt euer Zeug zusammen und fahrt mit dem Deputy in die Stadt. Wir finden was für euch, und morgen sehen wir weiter.«

Ich wollte die beiden im Sheriff Department unterbringen. Wir hatten das Klassenzimmer der zweiten Klasse zur Arrestzelle umgebaut. Es war nicht gerade Sing Sing, aber fürs Erste sicher genug, und außerdem stand es leer. Unsere Arrestzelle stand immer leer. Die Versicherung hatte uns verboten, den Raum zu dem Zweck zu nutzen, dem er dienen sollte, und somit erreicht, was all den Verbrechern, Trunkenbolden und Landstreichern nicht gelungen war: Sie hatte unser Gefängnis abgeschafft.

»Sie haben das Lager verwüstet«, sagte ich zu Addison. »Sie haben das Zelt aufgeschlitzt und alles zertrampelt und in den Dreck geworfen. Sie haben auf das Zelt geschossen. Sie haben sogar auf das Gedichtbuch des Mädchens geschossen.«

»Du meinst den Yeats? Dann müssen es ziemlich üble Burschen sein. Ich meine, Yeats mag doch eigentlich jeder.«

»Sag das Hector und seinen Leuten.«

»Wer ist Hector?«, fragte Addison.

»Das weiß ich nicht genau«, sagte ich. »Ein Schwergewicht. Ich nehme an, er arbeitet für Rex Lord.«

»Ein Schwergewicht?«

»Du weißt schon«, sagte ich. »Viele Muskeln. Harter Bursche. Ein Knochenbrecher.«

»Klingt beeindruckend. Ich hab dir ja gesagt, dass nach deinem Freund, dem Anwalt, andere kommen werden. Jetzt sind sie da. Und was nun?«

»Tja«, sagte ich, »das junge Paar ist im Sheriff Department. Da sind die beiden erst mal gut aufgehoben, aber das geht nur für ein, zwei Tage. Sie können nicht ewig da bleiben – sie brauchen einen sicheren Ort.«

»Aha«, sagte Addison.

»In der Nähe, wo wir ein Auge auf sie haben können.«

»Verstehe«, sagte Addison.

»Wo es für den Notfall ein Telefon gibt.«

»Genau«, sagte Addison.

»Du weißt nicht zufällig jemanden?«

»Ich?«

»Jemanden, der Platz hat? Wo die beiden für ein paar Tage in Sicherheit wären? Fällt dir da vielleicht jemand ein?«

»Hör auf, mich so anzusehen, Lucian.«

KIND DES TALS

Wingate wollte zum Beer Hill rauffahren. Er liege nachts wach, sagte er, und versuche, sich zu erinnern, wie die alte Metcalf-Farm ausgesehen habe. Die Metcalf-Farm war eine der historischen Stätten im Tal. In längst vergangenen, einfacheren, unschuldigeren Zeiten versteckten die Jungs aus Kanada ihren geschmuggelten Whiskey dort unter dem fauligen Heu auf dem Scheunenboden. Sobald Mrs Metcalf eine neue Lieferung bekam, hisste sie am Fahnenmast auf der Scheune die amerikanische Flagge, und sogleich stiegen Männer aus dem ganzen Tal durstig den Beer Hill hinauf. Mrs Metcalf war verwitwet und hatte drei Kindern. Allein konnte sie die Farm nicht bewirtschaften. Für sie lief es vermutlich darauf hinaus: schmuggeln oder hungern. Und warum auch nicht? Wenn die Leute was trinken wollen, werden sie's sich besorgen. Niemand dachte schlecht von Eugenia Metcalf, nur weil sie dieses Problem löste. (Ok, einige vielleicht schon.) Und außerdem war das alles schon sehr lange her, selbst für Wingates Begriffe.
Wingate kannte die alte Metcalf-Farm nicht aus den ruhmreichen alten Beer-Hill-Zeiten. Damals war er noch ein kleiner Junge gewesen. Er kannte sie aus späteren Jahren, als es

eine verlassene Farm am Ende eines unbenutzten Zufahrtswegs gewesen war. In diesen Jahren war er oft zum Jagen dort oben gewesen. Wingate war ein erstklassiger Schütze gewesen, und Metcalfs verwilderte, überwucherte Weiden waren ein gutes Revier für Schnepfen und Rebhühner. Und jetzt versuchte Wingate, sich zu erinnern: Stand die Scheune auf der anderen Seite des Wegs oder neben dem Wohnhaus? Hatte sie ein Tonnendach? Hatte das Wohnhaus zwei Stockwerke oder eineinhalb? Und was war mit dem Silo? Und dem Schafpferch? Wingate wusste es nicht mehr.

Darum fuhren wir zum Beer Hill, um uns alles anzusehen. Natürlich fuhren wir zu zweit. Wingate konnte nicht fahren. Er konnte kaum noch gehen. Er hatte ein Zimmer im Steep Mountain House, dem Altersheim in Niniveh, und hielt sich an den Fitnessgeräten, die sie dort hatten, in Schuss, so gut es ging. Er las Krimis. Er sah fern. Er spielte Karten und Dame, aber nicht zu viel. Weniger als man gedacht hätte. Dass Wingate Gesellschaftsspiele eher mied, hatte seinen Grund. Er war ein geselliger Mensch, der gern mit Freunden zusammensaß, aber er war beinahe vierzig Jahre Sheriff gewesen. »Die Hälfte der Leute da drinnen«, sagte Wingate, »hab ich irgendwann mal festgenommen. Und die andere Hälfte hätte ich festnehmen sollen – und das wissen die auch.«

»Das muss unangenehm sein«, sagte ich.

»Für mich nicht«, sagte Wingate. »Wie die anderen das finden, weiß ich nicht.«

Wingate war alt und klapprig, aber er kam immer, wohin er wollte. Das verdankte er einem Trupp von Freiwilligen, die Wingate ohne große Planung oder Organisation irgendwohin fuhren: zum Arzt, zum Laden, zur Feuerwehr, zum

Jagdlager, zum Umzug am 4. Juli, zum Veteranentreffen, zum Baseballspiel. Ja, Wingate kam immer, wohin er wollte, dank der Hilfe von Homer Patch, dem Constable von Gilead, Cola Hitchcock vom Schrottplatz und mir; und dann gab es noch mindestens ebenso viele, die weniger regelmäßig, aber verlässlich erschienen, wenn sie gebraucht wurden. Wingate wurde lautlos, diskret und zuverlässig versorgt. Umsorgt, könnte man sagen. Er wurde umsorgt, ob er wollte oder nicht. Im hohen Alter war Wingate wieder zu dem geworden, was er als kleiner Junge gewesen war, was wir alle gewesen waren: ein Kind des Tals.

Wingate dorthin zu kriegen, wo er jetzt war, hatte einige Mühe gekostet. Einige im Tal glaubten, er habe mindestens eine halbe Schraube locker, aber sie taten Wingate unrecht. Er war weder verrückt noch senil. Nur stur, schrecklich stur. Sturheit ist ein Charakterzug, stimmt's? Und wenn man einen Charakterzug stark genug betont, sieht es aus, als wäre man verrückt.

Als er auf die neunzig zuging, fünfzehn Jahre, nachdem er sich zur Ruhe gesetzt hatte, lebte er noch immer in dem Haus, in dem er geboren war, auf dem Bible Hill in Ambrose. Die Elektrik war primitiv, der Holzofen in der Küche war die einzige Heizung, und das Wasser kam stoßweise aus der Leitung, aber Wingate wollte unbedingt dort bleiben. Dr. Bartlett, sein Arzt und so was wie der König Salomo des Tals, stattete ihm eines Tages einen Überraschungsbesuch ab, um ihm zu sagen, er könne nicht mehr in diesem Haus leben. Es sei so weit: Er müsse umziehen.

»Nein«, sagte Wingate.

Der Doktor erzählte ihm vom Steep Mountain House und anderen Heimen, wo Wingate Sicherheit, Komfort und medizinische Betreuung haben werde, drei Dinge, die er dort, wo er sei, gewiss nicht habe.

»Nein«, sagte Wingate.

»Es wird Ihnen dort gefallen«, sagte Dr. Bartlett. »Die haben eine eigene Köchin und einen Kleinbus für Ausflüge. Sie haben eine eigene kleine Klinik und ein Labor. Wirklich ein erstklassiges Haus.«

»Nein«, sagte Wingate.

»Sie sind ein verdammter alter Dummkopf«, sagte Dr. Bartlett.

Wingate zuckte die Schultern.

Er würde heute noch auf dem Bible Hill leben, wenn nicht in einer Winternacht der Kamin in Brand geraten und das Haus bis auf die Grundmauern abgebrannt wäre. Wingate hätte es niemals lebend hinausgeschafft, aber die freiwillige Feuerwehr war zur Stelle, und Homer Patch lief rein in den Rauch und die sengende Hitze, rauf ins Schlafzimmer, warf sich Wingate über die Schulter und trug ihn hinaus, während hinter ihm das Haus zusammenstürzte.

Wingate verbrachte den Rest der Nacht zur Beobachtung in der Klinik. Am nächsten Morgen kam Dr. Bartlett.

»Und?«, sagte er.

»Okay«, sagte Wingate.

Wingate wohnte nicht mehr in dem alten Haus, doch das andere Problem, vor das er seine Freunde – und alle anderen im Tal – stellte, war keineswegs gelöst. Es hatte sich vielmehr verschlimmert. Es betraf seine Mobilität. Wingate war mobil. Sein Pick-up stand auf dem Parkplatz vor dem Steep Mountain House. Der Wagen war bezahlt und lief gut, und Wingate besaß einen gültigen Führerschein. Er sah keinen

Grund, seinen Wagen nicht zu benutzen, zumal wenn die Alternative darin bestand, im Steep Mountain herumzusitzen und mit anderen Bewohnern, unter anderem solchen, die er früher mal festgenommen hatte, Penny-Poker zu spielen. Quatsch, sagte Wingate. Er war schließlich ein freier erwachsener Amerikaner. Er setzte sich in seinen Wagen und fuhr los.

Leider fuhr er gegen Bäume, Zäune, Häuser und andere Hindernisse. Das war das Problem. Der einsame, gebrechliche Wingate, der in seiner Bruchbude auf dem Bible Hill ein elendes Leben fristete, war nur für sich selbst eine Gefahr, aber Wingate am Steuer eines Wagens war eine Gefahr für die Allgemeinheit. Er sah nicht mehr gut. Er schien sich der Umgebung und seiner Geschwindigkeit nicht immer bewusst zu sein. Einmal fuhr er beinahe die Treppe zum Gerichtsgebäude hinauf. In der Back Street in Cardiff rasierte er die Außenspiegel sämtlicher geparkter Wagen ab. In Dead River kam er von der Straße ab und fuhr ein paar Meter die Böschung hinunter und in den Bach.

Man war sich einigermaßen sicher, dass Wingate bald einen Totalschaden haben oder sich den Hals brechen würde, vielleicht sogar beides. Doch es geschah weder das eine noch das andere. Wingate und sein Pick-up waren unzerstörbar, unsterblich. Das Tal wartete voll Unbehagen.

Dann übertraf Wingate sich selbst, und zufällig war ich Zeuge.

Ich war eines Morgens auf der Route 10 nach Brattleboro unterwegs, als ich bemerkte, dass der Wagen vor mir der von Wingate war. Beinahe im selben Augenblick zog Wingate, der bestimmt am Steuer eingeschlafen war, scharf nach links über die leere Gegenspur, geriet auf den Seitenstreifen,

riss das Lenkrad herum und beschleunigte. Ich meine, er trat mächtig aufs Gas. Er donnerte mit ungefähr hundertzwanzig Sachen über die rechte Spur und den Seitenstreifen die Böschung hinauf, flog in Richtung Wald, landete, überschlug sich, flog weiter und landete kopfüber und in zwei Metern Höhe eingeklemmt zwischen den Doppelstämmen einer großen Eiche.
Ich folgte ihm und holperte über die Wiese, die er fliegend überquert hatte, zum Waldrand. Andere Autofahrer hatten angehalten und kamen zu Fuß herbei. Schließlich war ich an der Eiche, in der Wingates Pick-up eingeklemmt war. Ich packte einen Ast, zog mich hinauf zum Seitenfenster auf der Fahrerseite, sah hinein und befürchtete das Schlimmste. Wingate hing, gehalten vom Sicherheitsgurt, hinter dem Steuer und machte ein nachdenkliches Gesicht. Er sah mich an.
»Morgen, Sheriff«, sagte er. »Was sagen Sie dazu?«
Wingate gab nie zu, dass dieser Unfall das Ende seiner Zeit als Autofahrer gewesen war. Man fragte ihn aber auch nicht. Das Tal trat in Aktion und zwar in Form von Cola Hitchcock, der mit seinem Abschleppwagen Wingates Pick-up aus dem Baum holte und zum Schrottplatz brachte. Soweit man wusste, war es kein Totalschaden – nicht mal annähernd, aber Cola wartete nicht lange auf irgendeine Bestätigung, sondern machte sich an die Arbeit. Innerhalb eines Tages hatte er den Wagen komplett zerlegt. Dann fuhr er nach Steep Mountain und gab Wingate einen Hundertdollarschein.
»Sind wir quitt?«, fragte er Wingate.
»Tja ...«, sagte Wingate.
»Gut«, sagte Cola.

Ich hielt an und stellte den Motor ab. Wir spähten durch den grünen Tunnel auf den alten Zufahrtsweg vor uns. Vor fast drei Kilometern waren wir von der Straße abgebogen, und weiter würden wir heute nicht kommen, jedenfalls nicht auf Rädern. An einigen Stellen lag der Weg zwei bis drei Meter tiefer als der Waldboden – es war eigentlich mehr ein Graben als ein Weg. Weiter vorn ging es steil bergab. Dort war die erodierende Böschung abgerutscht, Steine und umgefallene Bäume versperrten den Weg.

»Ende«, sagte ich.

Zu beiden Seiten war dichter Wald, voll Licht und Schatten. Eine Million Zweige kratzten und scharrten am Blech des Wagens wie schüchterne Kinder, die reingelassen werden wollten. Das Laub war so dicht, dass man kaum fünf Meter weit sehen konnte.

»Den Erdrutsch da kenne ich«, sagte Wingate. »Ich bin ziemlich sicher, obwohl er damals noch nicht so groß war. Dahinter gibt's keinen Weg mehr, zumindest keinen richtigen. Gab's nie. Es war bloß ein Fußweg. Man fuhr auf diesem Zufahrtsweg, und dann ging's immer weiter rauf. Die Metcalf-Farm war da, wo das Gelände eben wird.«

»Dann sind wir schon daran vorbei«, sagte ich.

»Kann nicht sein«, sagte Wingate. »Ich hab genau aufgepasst.«

»Ich auch«, sagte ich. »Bist du sicher, dass wir auf dem richtigen Weg sind? Dass wir uns nicht verirrt haben?«

»Wir haben uns nicht verirrt«, sagte Wingate bestimmt. »Die Metcalf-Farm hat sich verirrt.«

»Wenn du das sagst.«

»Hör zu, Sheriff«, sagte Wingate, »die Metcalf-Farm war kein kleines Hungerleiderding, sondern eine gute, große Farm:

Haus, Kuhstall, Pferdestall, Silo, Werkstatt, Scheune, Gatter, Hühnerhaus und ich weiß nicht, was sonst noch alles. Die ist nicht einfach vom Wald verschluckt worden. Kann nicht sein.«

»Wo ist sie dann?«, fragte ich.

»Wir werden sie finden«, sagte Wingate. »Fahr zurück.«

Wie gesagt, er war ein sturer Hund. Wir fuhren den Weg mehrmals rauf und runter. Wir stiegen aus und stöberten im Gebüsch herum – oder vielmehr: Ich stöberte, und Wingate gab Anweisungen. Doch wir fanden nichts.

»Ich verstehe das nicht«, sagte Wingate. »Ich war doch hundertmal dort.«

»Und wie lange ist das letzte Mal her?«, fragte ich ihn.

Wingate betrachtete den flackernden grünen Wald und das spärliche gelbe Sonnenlicht, das durch die Baumkronen fiel und jedes Stäubchen aufleuchten ließ. Er schüttelte den Kopf. »Zu lange wahrscheinlich«, sagte er.

Als ich Wingate nach Steep Mountain zurückgebracht hatte und nach Hause fuhr, meldete sich Deputy Treat per Funk, laut, deutlich und erkennbar genervt. Beer Hill lag in einem entlegenen Winkel von Gilead, wo der Empfang auf Funk- und anderen Kommunikationsgeräten zwischen unzuverlässig, schlecht und nicht existent schwankte. Treat hatte stundenlang versucht, mich zu erreichen. Er war ziemlich aufgeregt.

»Wo waren Sie, Sheriff?«, fragte er.

»Im Wald«, sagte ich.

»Ich auch«, sagte der Deputy, »aber Sie hatten bestimmt mehr Spaß als ich.«

»Wie meinen Sie das, Deputy?«

»Herbies neuer Kümmerer vom Himmel der Schweine hat angerufen.«

»O-oh«, sagte ich. »Das klingt nach Big John. Ist er wieder unterwegs?«

»Seit irgendwann gestern Nacht. Hat einfach den Zaun durchbrochen.«

»Den neuen, extrastarken Zaun?«

»Einfach durchbrochen.«

»Du lieber Himmel«, sagte ich.

Laut Deputy Treat hatte Herbies Kümmerer angerufen, sobald er gemerkt hatte, dass Big John, der Monsterkeiler, ausgebrochen war. Treat war hingefahren und hatte sich die Sache angesehen. Er hatte - erfolglos - versucht, mich zu erreichen. Dann hatte er nachgedacht. Eine Spur der Zerstörung führte von Big Johns Gehege zum Wald. Treat fiel George Murray ein. Murray züchtete in Humber Bärenhunde - große, schlanke Jagdhunde, die Schwarzbären aufspüren, verfolgen und stellen konnten. In der Hundewelt waren sie so was wie Halbschwergewichtsboxer. Murray liebte es, seine Hunde einzusetzen. Er kam mit drei von ihnen zum Himmel der Schweine, und Treat, Murray und die Hunde machten sich auf die Suche.

Sie brauchten nicht lange zu suchen. Als sie die Spur aus abgeknickten Zweigen und aufgewühlter Erde etwa vierhundert Meter in den Wald verfolgt hatten, griff Big John sie von der Seite an. Er schlitzte den ersten Hund mit seinen Hauern auf und trampelte den zweiten einfach nieder. Der dritte rannte um sein Leben. Murray kletterte auf einen Baum, Treat auf einen anderen. Big John verschwand im Wald - wild, wütend und nichts Gutes im Sinn. Schlechte Nachrichten.

»Murray ist stinksauer, Sheriff«, sagte Treat. »Er sagt, mit dem aufgeschlitzten Hund kann er vielleicht nie mehr auf die Jagd gehen. Und dass das Sheriff Department für die Tierarztkosten aufkommen muss.«

»Herrgott«, sagte ich. »Ist das alles, Deputy?«

»Das ist alles.«

»Gut«, sagte ich. »Wir sehen uns morgen. Ich fahre nach Hause. Das war's, Deputy. Gute Nacht.«

So ging der Tag zu Ende. Ich war müde, fußlahm und von Moskitos zerstochen, und irgendwo da draußen trieb sich ein höchst gefährliches Tier herum. Nicht gut. Gar nicht gut.

DAS HIDEAWAY

»Hör auf, mich so anzusehen, Lucian«, sagte Addison, aber ich dachte gar nicht daran aufzuhören. Ich wusste, dass Addison genug Platz hatte, um die beiden unterzubringen. Ich wusste es, und der ganze Rest des Tals wusste es ebenfalls. Die ganze freie Welt wusste es. Addison hatte Platz genug, nicht nur weil er in dem großen Haus in South Devon wohnte, wo er, seit vielen Jahren wieder Junggeselle, herumkullerte wie eine Erdnuss in einem Fünfzig-Liter-Fass, sondern auch, weil er Teilhaber eines der ältesten Witze des Tals war: des Green Mountain Hideaway Motels.

Nelson Pettibone hatte das Hideaway um 1960 herum gebaut. Damals, man erinnert sich, taten Amerikaner nichts lieber als die ganze Familie in die Familienkutsche zu packen und endlos von einem schäbigen Motel zum anderen zu fahren. An der Kreuzung der Straße aus Cardiff mit der Route 10 kaufte Nelson zwei Morgen Land und stellte sechs Hütten auf. Es gab zwei Zapfsäulen und einen Souvenirladen. Außerdem baute er ein Haus für sich, Nadine und die Jungen – dort sollte sich auch das Büro befinden. Damit war, wie er fand, alles erledigt. Was brauchte man sonst noch? Am einen Ende des Dorfs gab es das Restaurant im Cardiff Inn und am

anderen Humphreys Diner. Und auf der Route 10 dauerte es mit der Familienkutsche nur eine halbe Stunde, und man war in Brattleboro, wo es Geschäfte und Kinos gab. Nelson konnte sich nicht vorstellen, was da schiefgehen sollte.
Im Lauf der nächsten zehn Jahre fand er es heraus.
Zunächst musste er feststellen, dass er den richtigen Zeitpunkt verpasst hatte. Mit dem Motel hatte er etwas geschaffen, das die Welt nicht brauchte: einen modernen Dinosaurier. Die meisten Amerikaner wollten nicht mehr mit der Familienkutsche von einer Touristenfalle zur nächsten fahren, sondern zu Hause bleiben und fernsehen. Das Motel war zum Scheitern verurteilt. Es war totenstill. Es war das Gespenst des Motels, das es nie gewesen war. Als die Straßenbaubehörde die Route 10 ausbaute und um Cardiff herumführte, war es mit dem Geschäft ganz vorbei. Nelson beschloss, dass er genug hatte, und zog mit Nadine nach Florida. Sie unternahmen kaum irgendwelche Versuche, das Motel zu verkaufen. Warum auch? Wer hätte es kaufen sollen? Ihre Jungen konnten es nicht übernehmen: Monroe fuhr in Boston Taxi, und Chauncey saß in einem Bundesgefängnis irgendwo in Kalifornien. Das Motel würde keine zweite Generation von Pettibones erleben. Nelson und Nadine gingen einfach fort.
Das Motel stand ein paar Jahre leer, eine schwärende Wunde aus Verfall und unbezahlten Steuern. Die Gemeinde Cardiff beschlagnahmte es um 1970 herum. Ein paar Jahre später, gegen Ende eines harten Winters, brach das Dach einer der Hütten unter der Schneelast ein, und die freiwillige Feuerwehr brannte die Ruine zu Übungszwecken nieder. Einige schlugen vor, mit den verbleibenden Hütten und dem Haus dasselbe zu machen, aber dazu kam es dann doch nicht.

Trotz des heruntergekommenen Zustands und seiner wenig erfolgversprechenden Geschichte schien das Motel wunderbarerweise einen Käufer gefunden zu haben.

Es war Addison Jessup, mein Schwiegervater. Addison war nicht der erste Kleinstadtanwalt, der sich einbildete, er habe das Zeug zum gewieften Immobilienhändler. Er ging eine Partnerschaft mit Edouard und Ingrid DeJonge, den Eigentümern des Cardiff Inn, ein und kaufte das Motel von der Gemeinde für die Summe von Nelson Pettibones unbezahlten Steuern. Der Plan war, einen Erweiterungsbau für das Inn zu errichten und so gleich zwei akute Probleme zu lösen: Zum einen waren die verfallenden und zum Teil ausgebrannten Hütten wirklich ein Schandfleck, und zum anderen waren die Kapazitäten des Cardiff Inn zu klein für einen profitablen Betrieb.

Addison und die DeJonges beauftragten einen Architekten, einen Landschaftsgärtner sowie Innenausstatter, verschiedene Berater und andere Angehörige jener wichtigen Berufe, die mit vereinten Kräften dafür sorgen, dass der Bau eines Hauses eine lange, komplizierte und sehr, sehr teure Sache ist. Sie bekamen Pläne, Modelle und Präsentationen. Sie beauftragten einen Bauunternehmer aus Connecticut, der nicht nach Schema F vorging. Und endlich, am 1. Mai, begannen die Arbeiten. Die drei – Addison und Mr und Mrs DeJonge – wären besser dran gewesen, wenn sie sich am 30. April an den Händen gefasst hätten und vom höchsten Hochhaus des Staates gesprungen wären.

Die Bauarbeiten waren noch nicht ganz eine Stunde im Gange, als man entdeckte, dass Nelson Pettibone oder wer immer das Motel gebaut hatte, in Abwasserfragen ein Verfechter der Kurzrohrmethode gewesen war. Der Boden be-

stand zum größten Teil aus etwas, das Addison als »halb verfestigten Fäkalschlamm« bezeichnete. Das war nicht gut. Und es kam noch schlimmer, als die unterirdischen Tanks für Nelsons Zapfsäulen ausgegraben wurden. Die Tanks waren leer, und zwar weil sie schon vor Jahrzehnten undicht geworden waren und der Inhalt ins Erdreich gesickert war. Die Arbeiten wurden eingestellt. Anrufe wurden getätigt. Bodentechniker der Baubehörde erschienen, untersuchten alles, gruben Löcher und verschwanden. Wochen vergingen. Dann traf eine Expertenkommission der zuständigen Bundesbehörden ein, untersuchte alles und grub noch mehr Löcher. Sie kam zu dem Schluss, das Erdreich rings um das Motel sei bis in eine Tiefe von mehreren Metern nicht nur mit Öl und Benzin verseucht, sondern auch mit einem Gemisch aus anderen Giftstoffen, für die niemand eine Erklärung hatte. Sie waren allesamt hochgefährlich und Verbindungen eingegangen, die, wie Addison behauptete, der Chemie bislang unbekannt gewesen waren. Es gab allerdings auch eine gute Nachricht: Soviel man wusste, war keine der Substanzen, mit denen das Gelände kontaminiert war, radioaktiv.
»Zum Glück«, sagte Addison. »Das hätte ein echtes Problem werden können.«
Man rief in Orlando an, doch Nelson Pettibone konnte zum Zustand des Bodens, auf dem das Hideaway stand, nichts Erhellendes beitragen. Sein Gedächtnis lasse nach, sagte er, möglicherweise ein erstes Anzeichen von Demenz. Er könne sich allerdings dunkel erinnern, dass da irgendwer – nicht er natürlich – hin und wieder was abgeladen habe, aber bei Daten und anderen Einzelheiten müsse er leider passen.
An diesem Punkt kamen Mr und Mrs DeJonge verzweifelt zu

Addison und baten um Auflösung der Partnerschaft. Addison war natürlich einverstanden – ein Gentleman durch und durch. Er hatte nicht vor, die DeJonges an eine Verpflichtung zu ketten, die sie ruinieren würde. Aber würde *ihn* diese Verpflichtung denn nicht ruinieren? Addison hatte, wie die DeJonges, ein neues Wort gelernt: Altlastensanierung. Was, wenn er für diese Altlastensanierung aufkommen musste? Was dann?

»Wird schon werden«, sagte Addison.

Würde es das? Wirklich? Er war jetzt der alleinige Eigentümer eines toxischen Sumpfs. »Was wirst du jetzt tun?«, fragte ich ihn.

»Ich plane meine weitere Vorgehensweise«, sagte er. »Willst du was trinken?«

Er schien unbesorgt, selbst als sich herausstellte, dass das Aufgraben, Reinigen und anschließende Versiegeln des verseuchten Erdreichs Kosten verursachen würde, neben denen sich die für den schicken Erweiterungsbau wie eine Nacht im YMCA ausnahmen.

Addison behielt die Ruhe. Und er hatte recht. Schließlich war er Anwalt. Als Immobilienunternehmer hatte er eine Bauchlandung hingelegt, aber als Anwalt war er ganz und gar in seinem Element. Die EPA, die VPA, die USA und die ADA bestanden tatsächlich auf Altlastensanierung? Nun gut, dann würde Addison prozessieren. Und auf Zeit spielen. Verschleppen und verzögern. Er würde die Konservendose mit dem Aufdruck *Altlastensanierung* auf dem Rechtsweg hin und her kicken. Ein Leben ist lang. Der Rechtsweg ist länger.

Ich fand, wir könnten Pammy und Duncan, unsere jungen Flüchtlinge, im Hideaway unterbringen. Da wären sie in Sicherheit, und wir könnten ein Auge auf sie haben.

Addison war nicht begeistert. »Will ich wirklich, dass Rex Lords Leute an meine Tür klopfen?«, sagte er. »Seine – wie hast du sie genannt? – seine Schwergewichte? Die haben die beiden in Miss Truax' Wald gefunden, und sie werden sie auch im Hideaway finden. Das kann ich nicht gebrauchen.«

»Wenn sie sie finden, ist das mein Problem«, sagte ich. »Aber wie auch immer – sie werden nicht an deine Tür klopfen. Sie haben gar keinen Grund dazu. Die werden dich gar nicht mit dem Hideaway in Verbindung bringen. Nicht jeder kennt die ganze Geschichte.«

»Bist du sicher?«, sagte Addison. »Ich dachte, jeder kennt sie.«

»Also, was ist jetzt? Können wir auf dich zählen?«

»Ganz und gar nicht«, sagte Addison. »Du hast gesehen, was sie mit dem Zelt gemacht haben. Die haben es zerfetzt und darauf geschossen. Die haben Waffen. Bei Waffen hört für mich der Spaß auf. Diese Leute sind nicht vom Verschönerungsverein, Lucian, das sind Schläger, bewaffnete Schläger. Und ich soll sie praktisch in mein Motel einladen, damit sie sich ein bisschen austoben? Lachhaft. Das ist immerhin eine wertvolle Immobilie.«

»Ein Scheiß ist es«, sagte ich. »Das Hideaway? Das Hideaway ist kein Motel, sondern eine baufällige Bruchbude.«

»Das sagst du nur, weil du das Potential nicht erkennst«, sagte Addison. »Du hast keinen Unternehmergeist. Krempel die Ärmel hoch, Lucian. Trau dich mal was. Du willst doch nicht dein Leben lang ein Bürokrat bleiben, oder?«

»Hast du mich gerade Bürokrat genannt?«

»Entschuldige«, sagte Addison. »Aber der Punkt ist: Diese beiden jungen Leute kommen nicht ins Hideaway. Stell dir nur mal vor, was die Versicherung sagen würde. Ich darf gar nicht daran denken.«

»Was hat die Versicherung damit zu tun?«, fragte ich.

»Versicherungen haben immer mit allem zu tun, Lucian.«

»Und was wird Clemmie sagen, wenn sie hört, dass du diese beiden Armen nicht beschützen, sondern Lords Schlägern zum Fraß vorwerfen willst? Diesem Armentrout? Den kann sie genauso wenig ausstehen wie wir. Sie sagt, im Inn grabscht er sie ständig an.«

»Nein.«

»Doch, hat sie mir gesagt.« (Das stimmte nicht ganz, aber es war mein letztes Ass.)

»Hmmm«, sagte Addison. »Wie lange sollen sie im Hideaway bleiben?«

»Höchstens ein paar Tage. Drei, vier vielleicht.«

Addison schenkte uns einen kleinen White Horse ein und stürzte seinen hinunter. »Ach, was soll's«, rief er dann. »Lass sie kommen. Vielleicht wird ja was daraus – wer weiß? Vielleicht brennen sie die nächste Hütte nieder. Ist einer von ihnen Raucher?«

MUSKELSCHMALZ

Wir verlegten sie bei Nacht. Pamela fuhr mit Deputy Treat im Streifenwagen und Duncan mit mir in meinem Pick-up. Duncan machte mir ein bisschen Sorgen. Einen Tag und eine Nacht hatten er und Pamela im Sheriff Department verbracht, und nun wirkte er, als hätte er mächtig Muskelschmalz zugelegt – jedenfalls nahm er den Mund dementsprechend voll. Nicht gut. Seine große Klappe machte mir keine Sorgen, um so mehr aber das Muskelschmalz. Ich wollte mit Duncan reden, und zwar so, dass Pamela es nicht mitbekam, damit er nicht auf die Idee kam, er müsse vor ihr den starken Mann spielen.

»Wohin fahren wir?«, fragte Duncan.

»Zum Hideaway«, sagte ich.

»Zu dem alten Motel? Warum?«

»Damit ihr ein Dach über dem Kopf habt und eine Tür, die ihr abschließen könnt. Damit ihr in der Stadt seid, wo viele Leute sind, und nicht draußen im Wald. Damit wir was tun können, wenn die Leute, die hinter euch her sind, in Aktion treten wollen.«

»Sollen sie doch in Aktion treten«, sagte Duncan. »Scheiß drauf. Sollen sie doch kommen. Ist mir scheißegal.«

Er hörte sich an wie der arme alte Rhumba, oder? Heutzutage ist alles scheißdies und scheißdas, besonders bei den Jugendlichen. Wann hat das angefangen? Wenn Miss Maitland in der Schule, auf die ich gegangen bin, einen ihrer Schüler so hätte reden hören, hätte sie ihn zum Sportplatz geschleift und an der Reckstange aufgehängt. Aber die Schule der armen Miss Maitland hatte ja auch nur zwei Klassen und lag irgendwo im Hinterwald. Wenn man auf eine teure Schule in Massachusetts oder Connecticut geht, wo man Latein und so lernt, kann man reden wie man will. Ich meine: jeden Scheiß von sich geben.

»Immer mit der Ruhe, junger Mann«, sagte ich. »Für die sind der Deputy und ich zuständig. Das ist unser Job. Und euer Job ist, auf Tauchstation zu bleiben.«

»Scheiß drauf«, sagte Duncan. »Und auf die scheiße ich auch. Wie gesagt: Sollen sie doch kommen – ich werde sie empfangen.«

O-oh. »Und was heißt das?«, fragte ich ihn.

»Das heißt, dass ich bereit sein werde. Mein Dad hat Waffen. Die hat er zwar eingeschlossen, aber ich weiß, wo der Schlüssel ist. Er weiß nicht, dass ich es weiß, aber ich weiß es. Und wenn diese Scheißer auftauchen, werde ich sie empfangen. Ganz einfach.«

Ich hielt an, nahm den Gang raus, wandte mich zu Duncan March und sah ihn an.

»Duncan«, sagte ich, »hör mir zu. Denk nicht mal an das, was du gerade denkst. Du wirst hier nichts in die eigene Hand nehmen. Denen bist du nicht gewachsen. Diese Kerle sind keine Gastmannschaft bei irgendeinem Lacrosse-Turnier. Die machen dich platt. Die drehen dich durch die Mangel und lassen dich liegen. Hast du das verstanden? Duncan?«

Er schwieg.

»Wenn dir egal ist, was mit dir passiert«, fuhr ich fort, »dann denk an Pamela. Sie wollen Pamela. Du interessierst sie nur, wenn du dich ihnen in den Weg stellst. Tu das also nicht. Je schwerer du es ihnen machst, desto schwerer machst du es auch für Pamela und desto größer ist die Wahrscheinlichkeit, dass sie verletzt wird. Das willst du nicht, oder? Das will keiner.«

»Nein, das will keiner«, sagte Duncan.

»Also Finger weg von den Waffen deines Vaters. Steck die Hände in die Taschen und halt die Füße still. Und hör auf, große Töne zu spucken. Klar so weit?«

Duncan nickte.

Wingate sagte immer, zu seiner Zeit sei das Sheriffgehalt leicht verdientes Geld gewesen. Das stimmte, denn die Leute, für die man Sheriff war, waren hauptsächlich Farmer, Holzfäller und Sägewerksarbeiter, und das hieß, sie arbeiteten so schwer und waren am Feierabend so erledigt, dass sie keine Energie mehr hatten, um größeren Ärger zu machen.

In gewissem Maß stimmt das noch immer. Die Farmer und die Sägewerksarbeiter sind weg, aber wir sind noch immer ziemlich gesetzestreu. Der letzte Mord im Tal ist fast zehn Jahre her. Diebstahl? Na ja, wir haben Einbrüche, aber nur selten wird etwas wirklich Wertvolles gestohlen. Es gibt Vandalismus, hauptsächlich in Schulen und auf Friedhöfen. Es gibt häusliche Gewalt, aber eigentlich nicht besonders oft, und auch da hat sich etwas verändert: Heutzutage gibt es auch Frauen, die ihre Männer verprügeln. Wahrscheinlich ist das gut – ein weiterer Schritt in Richtung Gleichberechtigung, oder?

Ich will damit nicht sagen, dass der Sheriff den ganzen Tag herumsitzt und ein gutes Buch liest. Ganz und gar nicht. Wir sind ziemlich beschäftigt. Ich habe das große Aufgabenfeld Straßenverkehr noch nicht erwähnt: Unfälle, Raser, Betrunkene oder sonst wie Bedröhnte und so weiter. Wir sind beschäftigt. Aber meist haben wir es nicht mit finsteren, geplanten, eindeutigen Verbrechen zu tun, sondern mit dem, was Wingate immer als »Dämlichkeit« bezeichnete, mit jener Form von Fehlverhalten, die, wenn man der Sache auf den Grund geht, in neun von zehn Fällen auf das Wirken zweier Wohltäter der Menschheit zurückzuführen ist: auf Mr Jim Beam und Mr Bud Weiser.
Also hat Wingate recht, wenn er sagt: leicht verdientes Geld. Obwohl ... in den letzten Jahren? Ich weiß nicht. Es hat sich was verändert, und zwar nicht nur, was die Bösen, die Verbrecher und die lediglich Dämlichen betrifft. Auch auf unserer Seite hat sich was verändert. Früher gab's hier den Sheriff und die Wildhüter, und es gab die State Police zur Verstärkung, wenn es nötig war. Das war's – darüber hinaus gab's dann nur noch die Nationalgarde. Heutzutage treiben sich alle möglichen Polizisten in unserem Tal herum, und wir wissen noch nicht mal, wer sie sind. Manchmal haben wir keine Ahnung, dass sie überhaupt da sind.
Vor ein paar Jahren zum Beispiel schlug ich eines Morgens die Zeitung auf und las einen langen Artikel über die Festnahme eines Mannes, der hier im Tal wohnte und in irgendeinen internationalen Betrug verwickelt war. Er hieß Aaron Nachtigal und hatte sein Homeoffice in einem Ferienhaus in Gilead. Später erfuhr ich, dass man jahrelang gegen Nachtigal ermittelt hatte. An seiner Festnahme waren Beamte des FBI, der Steuerfahndung, des Finanzministeriums, der Bör-

senaufsicht, des Außenministeriums, der Post und einiger anderer Behörden beteiligt, deren Namen mir entfallen sind. Von Aaron Nachtigal hatte ich noch nie gehört. Ebenso wenig wie von einigen der Behörden, die ihn zur Strecke gebracht hatten. Niemand hatte sich die Mühe gemacht, mich davon in Kenntnis zu setzen, dass in meinem Bezirk ein Großeinsatz mit Dutzenden Beteiligten bevorstand.

Ich rief Captain Dwight Farrabaugh in der Kaserne der State Police in White River an.

»Was weißt du über diese Nachtigal-Geschichte?«, fragte ich ihn.

»Dies und das«, sagte er.

»*Dies und das?* Was soll das heißen?«

»Ich wusste, dass was im Busch ist, aber Z-Z hab ich erst gestern erfahren.«

»Z-Z?«

»Zeitpunkt und Zielperson«, sagte Dwight.

»Zeitpunkt und Zielperson? Du hörst dich an wie eine Fernsehserie. Du hättest mich mal anrufen können, oder?«

»Wie gesagt: Die Operation war sehr geheim.«

»Das ist mein Bezirk, Captain«, sagte ich. »Und wenn die Operation noch so geheim war: Ich hätte darüber informiert werden müssen.«

»Ach, Lucian«, sagte Dwight. »Komm raus aus deinem Schneckenhaus – willkommen in der Gegenwart. Du bist nicht mehr der Sheriff von Cochise. Du bist nicht der Lone Ranger. Du bist nicht mal Rip Wingate. Heutzutage gibt's Teams. Teamarbeit ist alles.«

»Nur blöd, wenn man in einem Team ist, aber gar nicht weiß, dass es ein Team gibt und was es eigentlich tun soll«, sagte ich.

»Dafür kann ich nichts«, sagte Dwight.

»Na gut«, sagte ich, »es ist eben, wie es ist, oder?«

»Sieht so aus«, sagte Dwight. »Ich hab jetzt zu tun, Lucian.«

»Nur so aus Neugier: Was hat dieser Typ noch mal ausgefressen? Dieser Nachtigal?«

»Bankbetrug oder Postbetrug oder so.«

»Aber was genau?«, fragte ich.

»Keine Ahnung«, sagte Dwight. »Der Typ vom Finanzministerium hat versucht, es mir zu erklären, aber ich hab nichts davon kapiert.«

Aber so laut ich damals auch protestiert hatte, als in meinem Tal unsichtbare Mächte ohne mein Wissen in Aktion getreten waren, wäre es mir jetzt doch ganz recht gewesen, so viele Leute zur Verfügung zu haben, um gegen Carl Armentrout, seinen dunklen Boss und seine Schwergewichte vorzugehen. Nur: warum eigentlich? Mit welcher Begründung? Bis jetzt hatte ich, abgesehen von der Verwüstung des Lagers im Wald, keine Gesetzesübertretung gesehen. So etwas – und Schlimmeres – passiert schließlich an jedem Labor-Day-Wochenende. Und Rex Lord? Der wollte nur seine Stieftochter. Was hatte ich also gegen ihn? Dass er reich genug war, um es sich leisten zu können, Leute zu bezahlen, damit sie Pamela suchten? Reichtum ist kein Verbrechen (außer in der Bibel, soviel ich weiß). Nein, ich war derjenige, der ein Problem hatte, und es war dasselbe wie damals, als unsichtbare Mächte sich Aaron Nachtigal vorgenommen hatten. Nur diesmal waren sie nicht auf meiner Seite. Das machte mich ein bisschen nervös. Mehr als ein bisschen. Es war wie mit Hunden. Jeder mag Hunde. Ich mag sie auch, aber ich weiß gern, wo sie sind. Besonders, wenn sie groß sind. Besonders, wenn sie beißen.

Clemmie sagt, mein Problem ist, dass ich mich nicht entscheiden kann, ob ich der Sheriff des Tals bin oder seine liebe alte Tante.

Deputy Treat und Pamela erwarteten uns in einer der Hütten des Hideaway. Sie hatten unterwegs Pizzas gekauft, und als Duncan und ich eintrafen, setzten wir uns auf den Boden und machten uns darüber her.
»Wie in der Schule«, sagte Duncan, »im Wohnheim.«
»Nur dass wir kein Gras haben«, sagte Pamela gutgelaunt.
»Vielleicht bringt Hector uns was vorbei«, sagte Duncan.
»Das wäre schön«, sagte sie. »Das wäre so ziemlich der einzige Grund, warum ich mich freuen würde, ihn zu sehen.«
»Wie bitte?«, sagte Deputy Treat. »Moment mal – bin ich hier etwa in einer Drogenhöhle gelandet?«
»Könnte sein«, sagte ich.
»Denn wenn das so ist«, fuhr der Deputy fort, »muss ich möglicherweise eine Festnahme vornehmen.«
»Sie wollen mich festnehmen?«, sagte Duncan.
»Nicht dich«, sagte Treat. Er sah Pamela an. »Aber dich vielleicht.«

DIE WETTE

Die Hütte, in der wir Duncan und Pamela unterbrachten, bestand aus vier Wänden, einem Dach und einem schmutzigen Fenster. Kein Strom, kein fließendes Wasser. Clemmie hatte gesagt, sie sollten zum Duschen und so weiter zu uns kommen. Kurz nachdem sie ins Hideaway gezogen waren, musste ich bei Gericht aussagen, und so fuhr Deputy Treat die beiden zu unserem Haus, wo Clemmie sich um sie kümmerte. Als ich abends nach Hause kam, machte sie ein Gesicht, als hätte sie gerade ihr Blatt aufgehoben und drei Asse gefunden.
»Was?«, fragte ich.
»Die beiden«, sagte sie. »Duncan und Pamela. Wir haben doch neulich über Romeo und Julia gesprochen, nicht? Diese jungen Leute, die aus Liebe füreinander sterben. Von Shakespeare.«
»Was ist mit denen?«
»Wir lagen ja so was von falsch.«
»Ach ja?«, sagte ich.
»Total. Duncan und Pamela sollen Romeo und Julia sein? Wohl kaum.«
»Wie meinst du das? Warum nicht? Du hast sie doch gesehen.«

»Ja, hab ich. Du auch? Mach die Augen auf, Sheriff.«

»Mach doch selbst die Augen auf«, sagte ich. »Ihr Zelt? Und nur ein Schlafsack?«

»Ein Schlafsack ist bloß ein Schlafsack«, sagte Clemmie. »Aber darauf kommt es nicht an. Ja, ich hab sie gesehen. Sie und Treat waren den ganzen Nachmittag hier. Und ja, ich habe ein schönes Paar gesehen. Aber das waren nicht Pamela und Duncan.«

»Sondern?«

»Pamela und dein Deputy.«

Ich musste lachen. »Pamela und Deputy Treat? Nie im Leben.«

»Warum nicht?«

»Treat interessiert sich nicht für Pamela. Ich meine *gar nicht*, nicht das kleinste bisschen. Verstehst du?«

»Nein. Warum denn nicht?«

»Warum nicht? Muss ich wirklich ganz deutlich werden? Unser Deputy ist vom anderen Bahnsteig, darum.«

»Du meinst, er ist schwul?«

»Genau.«

»Du bist verrückt«, sagte Clemmie. »Wie kommst du darauf?«

»Das liegt doch auf der Hand: Er hat keine Frau und keine Freundin, er lebt allein, er hängt nicht bei Humphrey oder im Inn herum, kommt an seinen freien Tagen ins Büro und erledigt Papierkram, drückt sich gut aus, ist immer wie aus dem Ei gepellt, braucht nie einen Haarschnitt …«

»Weil er Junggeselle ist, auf sein Erscheinungsbild achtet, sich regelmäßig wäscht, Englisch spricht und seine Arbeit macht, muss er schwul sein. Wolltest du das damit sagen?«

»Was mir wohlgemerkt völlig egal ist«, fuhr ich fort. »Bei uns

gibt's keine Diskriminierung. Wir sind durch und durch gleichberechtigt. Mir ist jeder recht, der morgens aus dem Bett kommt und bereit ist, für das Taschengeld zu arbeiten, das ich ihm zahlen kann. In seiner Freizeit kann er machen, was er will. Treat ist ein guter Deputy, ein guter Mann. Aber dass er mit Pamela DeMorgan in den Sonnenuntergang reitet, wirst du nicht erleben.«
»Wollen wir wetten?«, fragte Clemmie.
»Klar«, sagte ich. »Um was?«
»Fünfzig Dollar?«
»Sagen wir hundert«, schlug ich vor.
Ich wusste, dass das vielleicht ein bisschen überzogen war. Clemmie ist nicht auf den Kopf gefallen. Sie irrt sich nicht oft. Aber ich fand, hier ging es mehr als um Geld. Hier ging es um etwas Größeres. (Aber um was eigentlich?) Und außerdem war der Hunderter ja nicht weg, sondern blieb in der Familie.
»Okay«, sagte ich, »mal angenommen, du hast recht. Mal angenommen, Deputy Treat ist so hetero wie Michael Douglas. Na und? Wie kommst du darauf, dass er und Pamela was miteinander haben?«
»Haben sie ja noch nicht«, sagte Clemmie. »Oder vielmehr: Sie haben was, aber sie wissen es noch nicht. Sie werden es noch merken. So läuft das eben manchmal.«
»So läuft was?«, fragte ich sie.
»Du weißt schon.«

Allerdings. So war es zum Beispiel bei Clemmie und mir gewesen. Lange Zeit hätten wir ebenso gut verkleidet herumlaufen können, mit großen Sonnenbrillen und falschen Bärten. Wir hätten ebenso gut Masken tragen können: Wir wussten nicht, wer wir waren. Und dann, eines Tages, wussten wir es.

In der Schule war ich in einem höheren Jahrgang als Clemmie. Sie sagt, ich hätte sie aus dem Laufstall geraubt, dabei habe ich sie eher aus dem Mühlteich gefischt. Clemmie war eins der Mädchen, die wie ein Schwarm kleiner Fische herumflitzten, hierhin und dorthin, schwer im Auge zu behalten, immer in Grüppchen, quirlig und flink. Man konnte sie nicht auseinanderhalten – aber wer wollte das auch? Was waren sie schon? Fischlein eben.

Clemmie war für mich nichts als ein Fischlein, und das änderte sich erst ein paar Jahre später, als ich Wingates Deputy wurde. Eines Tages fuhr ich Streife und hielt Clemmie an der River Road an – sie war zu schnell gefahren. Ich ging zu ihrem kleinen VW und bat sie um ihren Führerschein. Sie gab ihn mir. Ohne den hätte ich nicht gewusst, wer sie war.

»Clementine Jessup«, sagte ich. »Ich kenne dich. Bist du überhaupt alt genug für einen Führerschein?«

»Haha«, sagte Clemmie.

»Ich hätte dich fast nicht erkannt«, sagte ich. »Weißt du, wie schnell du gefahren bist?«

»Lucian Wing«, sagte Clemmie. »Du willst mich jetzt nicht verwarnen, oder?«

»Doch, doch, genau das«, sagte ich.

Clemmie war nicht erfreut. Von mir war sie ebenfalls nicht erfreut. »In der Schule warst du doch immer ganz nett«, sagte sie. »Was ist passiert?«

»Dasselbe, was dir passiert ist: Ich hab den Abschluss gemacht.«

Damals fand ich, dass Clemmie ziemlich gut aussah, wenn

auch nicht so, dass man gleich in Ohnmacht gefallen wäre. Sie war intelligent, aber das sind viele, wenn man sie erst näher kennenlernt. Und dann war da noch die Buchführung: Sie fuhr ihren eigenen Wagen, und ihr Vater war Anwalt und saß im Senat oder Repräsentantenhaus von Vermont, und das hieß, dass ihre Welt ein ganzes Stück über meiner Gehaltsklasse lag. Außerdem war sie damals mit Loren Hinkley zusammen, einem Klassenkameraden von ihr, der in Dartmouth auf dem College war.

Ungefähr ein Jahr lang ging Clemmie ihrer Wege und ich ging meiner. Sonst nichts. Einfach nichts.

Eines Nachts, als ihr Vater in Montpellier und Clemmie allein in dem Haus in South Devon war, wäre sie beinahe gestorben. Sie bekam eine Blutung, die einfach nicht aufhörte. Sie schaffte es noch zum Telefon, wählte den Notruf und brach zusammen. Ich traf zur selben Zeit ein wie der Rettungswagen und fand Clemmie in einer großen Blutlache auf dem Küchenboden. Sie war ohnmächtig und weiß wie Papier. Wir luden sie in den Rettungswagen und rasten zum Krankenhaus nach Cardiff. Ich saß neben der Trage. Als wir ankamen, war sie fast verblutet.

Clemmie hatte eine Fehlgeburt gehabt. Oha. Wie es aussah, waren sie und Loren nicht untätig gewesen. Der gute Loren. Und wir hatten gedacht, in Dartmouth gäbe es nur Bücher und Football.

Clemmie blieb fast eine Woche im Krankenhaus, erholte sich und versuchte, wieder auf die Beine zu kommen. Sie sagte, sie fühle sich ganz gut, aber sie langweile sich zu Tode. Ich fragte mich, ob das besser oder schlechter war als zu Tode zu bluten, sagte aber nichts. Loren war jedenfalls von der Bildfläche verschwunden.

Ich ertappte mich dabei, dass ich im Krankenhaus vorbeischaute, um Clemmie zu besuchen. Ich ertappte mich dabei, dass ich das ziemlich oft tat. Ich besuchte sie am Tag nach ihrer Einlieferung, doch da schlief sie. Ich besuchte sie am nächsten Tag, und am nächsten und am nächsten. Und am nächsten.

»Arbeiten Sie noch fürs Sheriff Department?«, fragte mich Wingate.

»Natürlich«, sagte ich.

»Na, dann ist es ja gut«, sagte er. »Ich dachte, Sie hätten vielleicht aufgehört.«

»Aufgehört?«

»Ich dachte, Sie wollen vielleicht Pfleger werden«, sagte Wingate.

Eines Tages trat ich in Clemmies Zimmer, und da saß Addison, ihr Vater. »Ich komme später wieder«, sagte ich und wollte gehen, doch Addison sagte: »Aber nein, Deputy Wing – kommen Sie rein.«

»Tag, Mr Jessup«, sagte ich.

»Ihr kennt euch?«, sagte Clemmie.

»Flüchtig«, sagte ich.

Ein paar Jahre zuvor war Addison mit seinem Wagen spätnachts, auf dem Heimweg vom Inn, im Graben gelandet, wo ich ihn wenig später fand: Friedlich schlafend saß er am Steuer. Ich weckte ihn, überzeugte mich davon, dass er unverletzt war, und fuhr ihn nach Hause. Die Wagenschlüssel nahm ich an mich. Für das, was ich tat – oder nicht tat –, hätte ich entlassen werden können; andererseits hatte Addison noch nie Ärger gemacht, und Wingate war der Meinung, es zahle sich aus, bei betrunkenen Fahrern nachsichtig zu sein – wenigstens beim ersten Mal. Im Lauf der Zeit und bei sorgfältiger Pflege könnten aus diesen Anfängern treue Kunden werden.

»Ich weiß die Art, wie Sie diese Angelegenheit behandelt haben, sehr zu schätzen, Deputy«, sagte Addison, als ich ihn am nächsten Tag besuchte, um ihm die Wagenschlüssel zu geben. »Ich hatte gestern Nacht vielleicht ein Schlückchen zu viel getrunken.«

»Nur ein Schlückchen«, sagte ich.

Clemmie blieb eine Woche im Krankenhaus, und ich besuchte sie jeden Tag, aber wir sprachen nicht viel. Clemmie lag im Bett und sah auf den kleinen Fernseher an der Wand, und ich saß neben ihrem Bett und sah ihr beim Fernsehen zu. Ich stellte fest, dass es eine Menge zu sehen gab. Man hatte ihr ein dünnes, ärmelloses, hinten offenes Nachthemd gegeben – da waren der blonde Flaum auf ihren Armen und, wenn sie sich aufsetzte, die Schultern und ein Stück ihres langen, nackten Rückens. Manchmal sah ich so viel, dass ich mich entschuldigen und eine Viertelstunde auf dem Flur auf und ab gehen musste, bevor ich wieder hineinging.

Clemmie machte gute Fortschritte. Am Tag vor ihrer Entlassung legte sie ihre Hand auf meine und ließ sie fünf Sekunden dort liegen.

»Es war schön, dass du mich immer besucht hast«, sagte sie.

»Ja, fand ich auch«, sagte ich.

»Auch wenn du nicht viel redest.«

»Tu ich doch«, sagte ich. »Ich rede.«

»Nein, tust du nicht. Seit einer Woche kommst du jeden Tag, aber ich glaube, du hast keine zwanzig Wörter gesagt.«

»Hab ich aber.«

Clemmie schüttelte den Kopf. »Nicht mal annähernd zwanzig«, sagte sie.

»Soll ich sie dir aufzählen?«

Sie lächelte. »Eigentlich bist du ziemlich schüchtern, oder?«

»Überhaupt nicht«, sagte ich.

»Bist du doch«, sagte Clemmie. »Aber das macht nichts. Jedenfalls war es sehr nett von dir, mich zu besuchen. Das hättest du ja nicht tun müssen, besonders wo ich doch ein gestrauchelte Mädchen bin.«

»Das ist mir egal«, sagte ich. »Ich mag gestrauchelte Mädchen.«

»Ganz bestimmt«, sagte Clemmie.

»Schon immer«, sagte ich.

»Ist das wahr?«

»Ich bin ganz verrückt nach ihnen«, sagte ich.

»Tatsächlich?«

»Auch wenn manche zu viel reden.«

»Tun sie das?«

»Allerdings.«

»Na, dann ...«, sagte Clemmie.

Als Clemmie aus dem Krankenhaus entlassen wurde, war sie so gut wie neu. Ich nicht. Ich war nicht so gut wie neu. Ich war verloren.

KAMPFZONE

Ein Notruf von der Tankstelle an der Route 10. Als Evelyn, unsere Funkerin, die Anruferin so weit beruhigt hatte, dass sie sich halbwegs verständlich ausdrücken konnte, stellte sie sie zu mir durch. Es war Pamela. Sie keuchte und sprach schnell. Jemand hatte an die Tür der Hütte im Hideaway geklopft. Ein kleiner, stämmiger Mann mit britischem Akzent und einem Hütchen, einem an einer Halskette befestigten Plastikausweis und einem Klemmbrett hatte sehr höflich erklärt, er sei der Bauaufsichtsinspektor der Gemeinde Cardiff. Es habe Beschwerden über Ungeziefer gegeben. Ob er reinkommen und sich mal umsehen dürfe?
Duncan ließ den Mann ein. Nicht sehr schlau, könnte man sagen, aber der Mann war allein, wirkte nicht bedrohlich und machte keinen Ärger. Er leuchtete mit einer Taschenlampe in die Ecken, kniete sich hin, spähte unter das Bett und fragte die beiden, wie lange sie schon im Hideaway wohnten, woher sie seien und ob sie Ratten oder irgendwelches Ungeziefer bemerkt hätten. Er machte sich auf dem Klemmbrett Notizen und sagte, er werde einen Bericht schreiben müssen, fürs Erste sei aber alles in Ordnung und sie sollten dort bleiben. Das sagte er zweimal: Sie sollten dort bleiben.

Duncan kaufte dem Besucher seine Geschichte ab, Pamela nicht. Sie fand, der Mann sei durch und durch falsch, und ließ sich nicht davon abbringen. Schließlich schob sie Duncan hinaus, und dann liefen die beiden durch den Wald zur Tankstelle an der Landstraße und riefen uns an.

Nachdem Pamela mir das alles erzählt hatte, ließ ich mir Dizzy Bernhardt geben, den Geschäftsführer der Tankstelle. Ich bat ihn, die beiden in seinem Büro einzuschließen. Dann rief ich Deputy Treat über Funk und fragte ihn, wo er sei. Jenseits von Dead River, sagte er. Ich hatte gedacht, er könnte Duncan und Pamela bei Dizzy abholen und ins Sheriff Department bringen, während ich zum Hideaway fuhr, aber er war mehr als zwanzig Kilometer entfernt, und so fragte ich ihn, ob ich lieber einen der anderen Deputys zur Tankstelle schicken solle.

»Ich bin in zehn Minuten da«, sagte Deputy Treat. »Over and out.« Noch bevor er die Funktaste losließ, schaltete er die Sirene ein. Deputy Treat war im Einsatz und eilte zu Hilfe, um Duncan zu retten, um Pamela zu retten. Hatte Clemmie vielleicht doch recht, was Treats private Präferenzen in Hinblick auf dies und das und ihre Bedeutung für die gegenwärtige Situation betraf? Doch für derlei Überlegungen war jetzt keine Zeit.

Ich setzte mich in den Pick-up und raste zum Hideaway. Ich trat aufs Gas, ja, ich trat wirklich aufs Gas. Cardiff ist eine gute Gemeinde. Ein hübsches Städtchen. Es gibt hier Felder, Farmen und Wälder. Es gibt Bäche und kleine Flüsse. Es gibt schöne alte Häuser, Kirchen und Dörfer. Es gibt hier in beinahe idealer Weise fast alles, was es in einer Gemeinde in dieser Gegend geben sollte. Aber es gibt keinen Bauaufsichtsinspektor.

Die Hütte war leer, wenn auch anscheinend noch nicht lange. Jemand hatte sich darin ausgetobt wie in dem Lager in Miss Truax' Wald, nur schlimmer. Es sah aus wie ein Schlachtfeld. Die Tür war aus den Angeln gerissen und lag halb zerbrochen auf dem Boden, als hätte man sie mit einem Rammbock bearbeitet. Die Fensterscheibe war eingeschlagen. In dem winzigen Badezimmer hatte jemand das Waschbecken und die Kloschüssel zertrümmert und die Badewanne mit zwei Schüssen erledigt. Die Angreifer hatten klaffende, gezackte Löcher in die Gipsplatten der Wände geschlagen, möglicherweise mit Duncans Baseballschläger, der in zwei Teilen auf dem Boden lag. Schließlich hatten sie den Schlafsack aufgeschlitzt und die Daunenfüllung im ganzen Raum verteilt. Es sah aus wie nach einem Erdbeben, gefolgt von einem Tornado und einem Schneesturm.

Als ich aus der Hütte trat, stand da Carl Armentrouts Limousine mit dem Chauffeur am Steuer. Armentrout drückte auf einen Knopf und ließ das Fenster herunter.

»Freut mich, Sie zu treffen, Sheriff«, sagte er.

»Mich auch«, sagte ich. »Sehr.«

»Ich hoffe, Sie haben bei der Suche nach der Stieftochter meines Mandanten Fortschritte gemacht.«

»Sie ist in Sicherheit«, sagte ich.

»Sie ist in Sicherheit«, sagte Armentrout. »Aber *wo* ist sie in Sicherheit? Darum geht es doch, oder? Was können Sie mir dazu sagen?«

»Nein, Sie zuerst«, sagte ich. »Sie wissen nicht zufällig, wie das hier passiert ist?«

Armentrout betrachtete die eingeschlagene Tür, die zerbrochene Fensterscheibe und die Daunen, die von einer sanften

Brise über den Parkplatz geweht wurden. Er zuckte die Schultern.

»Mutwillige Sachbeschädigung«, sagte er. »Die jungen Leute hier oben haben nichts zu tun. Dem sollten Sie abhelfen, Sheriff. Sie brauchen Pfadfindergruppen und Baseballmannschaften. Wenn junge Leute sich langweilen, machen sie einfach irgendwas kaputt. So was habe ich schon öfters gesehen.«

»Aber über diese Sachbeschädigung wissen Sie nichts, nehme ich an.«

Armentrout lächelte. »Wie sollte ich? Wissen Sie, Sheriff, ich bekomme tausend Dollar die Stunde. Verstehen Sie? Mir fehlt es nicht an Beschäftigung. Ich muss nicht herumlaufen und Motelzimmer zerschießen.«

»Wer hat was von Schießen gesagt?«, fragte ich. »Und was ist mit Ihnen?«, wandte ich mich an den Chauffeur. »Können Sie mir irgendwas sagen? Irgendwelche Informationen?«

»Tut mir leid«, sagte der Chauffeur. »Da kann ich Ihnen nicht helfen.«

Armentrout drückte auf den Knopf, die Fensterscheibe fuhr zwischen uns hinauf. »Ich bin nicht hier, um mit Ihnen zu plaudern, Sheriff«, sagte er. »Machen Sie Ihre Arbeit. Finden Sie das Mädchen. Ich bin im Inn.«

Er drückte erneut auf den Knopf, und das Fenster blieb stehen. »Ich erwarte Ihren Bericht, Sheriff«, sagte er. »Mein Mandant, Mr Lord, will Ergebnisse sehen. Wir sind übereingekommen, Ihnen hier oben den Vortritt zu lassen. Sie kennen die Gegend, es ist Ihr Bezirk. Ich rate Ihnen, sich an die Arbeit zu machen. Sollte Mr Lord beschließen, hier oder anderswo andere Kräfte mit dieser Angelegenheit zu betrauen, so ist das sein gutes Recht. Gut möglich, dass er das Warten leid wird. Mein Mandant ist ein geduldiger Mensch –«

»Das merkt man gleich, wenn man sich dieses Motelzimmer ansieht«, sagte ich.

»Er ist ein geduldiger Mensch, aber seine Geduld hat Grenzen.« Armentrouts Fenster fuhr ganz nach oben, der Chauffeur setzte die Limousine in Bewegung. Sie glitt an mir vorbei zur Route 10.

Kaum hatte Armentrouts Wagen das Hideaway verlassen, kam Deputy Treat aus der anderen Richtung gerast. Schleudernd, dass der Kies spritzte, kam der Streifenwagen vor der Hütte zum Stehen. Die Tür flog auf, und der Deputy sprang heraus und kam auf mich zugetrabt. Vor der Brust hielt er eine der Schrotflinten des Sheriff Departments.

»Immer mit der Ruhe, Deputy«, sagte ich. »Keine Gefahr. Die Bleispritze brauchen wir nicht.«

Treat blieb stehen, ließ die Flinte sinken und sah sich um.

»Wo ist sie?«, fragte er.

Ich habe nie behauptet, ich wäre der schlaueste Bursche weit und breit. Was Intelligenz und Bildung betrifft, bin ich wahrscheinlich eher durchschnittlich. Aber ich habe mich immer bemüht. Ich habe meine Arbeit gemacht. Meistens nicht mit Scharfsinn, sondern indem ich den Mund geschlossen, die Augen offen gehalten und immer daran gedacht habe, dass die Motive für das, was die Leute so tun, meist ziemlich offensichtlich sind. Normalerweise nehmen sie den kürzesten Weg, besonders wenn sie was Verbotenes vorhaben.

So habe ich es jedenfalls immer erlebt, und das ist es, womit ich rechne. Aus Rex Lord, Carl Armentrout und ihren Schwer-

gewichten wurde ich daher nicht so recht schlau. Wenn es ihnen darum ging, Duncan und Pamela zu kriegen, stellten sie sich verdammt seltsam an.
Ich beschloss, Wingate zu fragen.
»Sie haben das Lager der beiden zerlegt«, sagte ich. »Sie haben das Zimmer kurz und klein gehauen. Sie haben sie nicht zur Ruhe kommen lassen. Sie wollten ihnen eine Riesenangst machen. Warum? Was ist das für eine Art, diese beiden Jugendlichen aufzustöbern und das Mädchen an seinen Stiefvater zu übergeben? Das ergibt keinen Sinn.«
»Doch, doch«, sagte Wingate. »Du kennst das. Du hast doch bestimmt mal gesehen, wie ein Fuchs sich an ein Kaninchen anschleicht. Das Kaninchen sieht, dass der Fuchs immer näher kommt, und was tut es? Es sollte so schnell wie möglich wegrennen, aber tut es das? Nein, es erstarrt. Es hat viel zu viel Angst, um wegzurennen. Das Kaninchen erstarrt, und der Fuchs« – Wingate schnippte mit den Fingern – »schnappt es sich. Du kennst das. Beim Fuchs funktioniert es, und bei deinen Freunden ebenfalls.«
»Das sind nicht meine Freunde«, sagte ich.
»Weiß ich doch«, sagte Wingate. »War ein Witz.«

Mir fiel Cola ein. Auf seinem Schrottplatz stand zwischen all den Teilen auch die Ruine eines Schulbusses: ein großer Klotz ohne Motor, Räder oder Sitze, der für immer in dieser postindustriellen Endmoräne namens Dead River Instandsetzung gestrandet war. Mysteriöserweise stand auf den rostigen, verblassten gelben Seitenwänden des Busses FORT WORTH PUBLIC SCHOOLS.
»Ist das Fort Worth, Texas?«, fragte man ihn.
»Kennst du noch ein anderes Fort Worth?«

»Was macht ein Bus aus Texas in Vermont?«

»Keine Ahnung«, sagte Cola dann. »Der war schon da, als ich die Werkstatt übernommen hab.«

Ich dachte an den Schulbus auf Colas Schrottplatz. Duncan und Pamela wären nicht die Ersten, die in seinem feuchten Inneren Zuflucht suchten. Für jemanden, der einen Unterschlupf brauchte, war der Bus so gut wie das Hideaway – eigentlich sogar noch besser, denn Cola wäre in der Nähe. Ich wollte die beiden nicht mehr verstecken und darauf warten, dass Armentrouts Leute sie fanden. Sie mussten bewacht werden. Mir fiel also Cola ein und eines der wenigen Geräte in seiner Werkstatt, die noch funktionierten.

Ich fuhr nach Dead River, fand Cola auf dem Schrottplatz und erzählte ihm von den beiden durchgebrannten Jugendlichen, von Pamelas milliardenschwerem Stiefvater, von Armentrout, dem Anwalt mit seiner Limousine und seinem britischen Chauffeur. Ich erzählte ihm von den Männern, die auf das Pärchen angesetzt waren, und dass sie das Lager im Wald und die Hütte am Hideaway zerstört hätten. Ich erzählte ihm, dass ich zu wenig Leute und daher erhebliche Zweifel hätte, ob ich die Verfolger aufhalten könnte.

»Wie es aussieht«, sagte ich, »werden sie die beiden früher oder später kriegen. Wahrscheinlich eher früher.«

»Nein, werden sie nicht«, sagte Cola.

Cola war bewaffnet und gefährlich. Vor ein paar Tagen war er drauf und dran gewesen, im Wald hinter seinem Schrottplatz Big John zu erschießen. Ja, er war bewaffnet und gefährlich, und außerdem war er ... wie sagt man noch? Impulsiv. Es gab im Tal viele, die Cola für verrückt hielten. Ich gehörte vielleicht auch dazu. Aber ob verrückt oder normal –

Cola konnte uns von Nutzen sein. Der Zweite Weltkrieg war, wie schon gesagt, sein Hobby, und so gab es auf dem Gelände von Dead River Instandsetzung jede Menge ausrangiertes Zeug von der Army. Cola hatte ein paar alte Jeeps, ein Motorrad mit Beiwagen und ein Amphibienfahrzeug. Nichts davon war fahrtüchtig, vermutlich schon seit der Landung in der Normandie. Aber das machte nichts: Das Herzstück von Colas Sammlung war ein Juwel, ein echtes Kleinod in Form eines Browning Automatic Rifle, eines leichten Maschinengewehrs Kaliber .30, das unsere Soldaten in mindestens drei Kriegen begleitet hat. Die Jeeps, das Amphibienfahrzeug und der ganze Rest waren kaputt, aber die BAR funktionierte einwandfrei.
»Wo hast du das Ding her?«, fragte man ihn.
»Beim Pokern gewonnen.«

Es vergingen drei, vier Tage. Duncan und Pamela blieben unter Colas wachsamen Augen im Bus auf Tauchstation. »Ich kriege sie gar nicht zu sehen«, sagte er. »Oder kaum. Die sind immer im Bus, den ganzen Tag, die ganze Nacht. Und es ist kein Mucks zu hören. Man fragt sich, was die die ganze Zeit da drinnen machen.«
»Tja, das fragt man sich«, sagte ich.
Ich wusste, dass Armentrouts Leute früher oder später auftauchen würden, ich wusste nur nicht, wie. Aber als dann einer auftauchte, war die Tarnung schlecht gewählt. Viel zu auffällig. Der Mann trat als etwas auf, das Cola nicht oft zu sehen bekommt: als zahlender Kunde.
Cola rief mich an und sagte, wenn ich nicht den ganzen Spaß verpassen wolle, solle ich am Abend zu ihm kommen. Er sagte, es sei jemand da gewesen.

»Ein großer, dünner Typ mit einem riesigen Mercedes-SUV. Trug eine Jeansjacke und sah aus wie ... ich weiß nicht, wie ein Millionär, der sich als Farmarbeiter verkleidet. Sagte, er sucht einen Anlasser für einen 75er Pinto. Der Typ braucht einen Pinto-Anlasser so dringend wie ich einen Anlasser für meinen Privatjet. Er wollte sich umsehen – im Büro, in der Werkstatt. Also hab ich ihn rumgeführt und nach dem Anlasser gesucht. Das Mädchen, Pammy, hat einmal durch das Busfenster gelinst, aber der Typ hatte ihr den Rücken zugekehrt. Für den Bus hat er sich überhaupt nicht interessiert, und wenn doch, hat er sich's nicht anmerken lassen. Irgendwann hatte er genug gesehen und ist wieder gefahren. Und ob du's glaubst oder nicht: Wir haben tatsächlich einen Pinto-Anlasser gefunden. Das Ding ist fünf Dollar wert – er hat mir fünfzig dafür gegeben und gesagt, er kommt noch mal. Ich hoffe, er beeilt sich. Mir ist langweilig.«

Die Langeweile war nicht von Dauer. Noch am selben Abend traten die feindlichen Kräfte in Aktion. Cola und ich erwarteten sie. Man könnte sagen, Armentrouts Leute spazierten in Colas Falle. Man könnte aber auch sagen, Cola drehte durch und hätte um ein Haar alle Beteiligten umgebracht. Egal, wie man es ausdrückt – das Ergebnis war die reine Hölle.

Ich kam gegen acht bei Cola an. Er hatte uns einen Posten im Dachfenster einer alten Scheune auf dem Gelände eingerichtet, ein paar Scheinwerfer montiert und die BAR hinaufgeschleppt. Sie lag schussbereit auf dem Sims.

Die feindlichen Kräfte erschienen kurz vor zehn. Im Mondlicht konnten wir sie nicht genau erkennen, glaubten aber, zwei Gestalten in zwei Fahrzeugen zu sehen. Das eine war der Mercedes-SUV des großen Typen, der nach dem Anlasser gefragt hatte. Die beiden gingen getrennt über den Vorhof und kamen näher. Der eine hatte eine Schrotflinte, der andere vielleicht eine Pistole – es war, wie gesagt, schwer zu erkennen.

Als Cola fand, dass sie da waren, wo er sie haben wollte, schaltete er die Scheinwerfer ein und eröffnete das Feuer.

Für ein paar Augenblicke explodierte alles. Das ohrenbetäubende Hämmern der BAR, das Scheppern, mit dem die Kugeln in Colas Schrott einschlugen, das Summen der Querschläger, Pamelas Kreischen aus dem Schulbus, die Schreie der Angreifer, das Knallen der Schüsse, die sie blindlings abfeuerten, das gleißende Scheinwerferlicht – man wusste nicht, ob man in unserem Tal oder an der Küste der Normandie war.

Trotzdem war der Schaden nicht sehr groß. Cola gab später zu, die Waffe sei ihm über gewesen. Sie war auf Dauerfeuer eingestellt und machte sich selbständig. Cola ist nicht besonders groß, eher schmal und drahtig. Als er am Scheunenfenster den Abzug drückte, sah er ein bisschen aus wie ein kleiner Junge, der versucht, einen Feuerwehrschlauch zu halten.

»Das Scheißding ließ sich nicht bändigen«, sagte er.

Aber die Falle war zugeschnappt. Die Angreifer flohen in die Nacht. Ich gestehe, dass ich mich, als Cola das Feuer eröffnete, auf den Boden geworfen hatte, die Hände schützend über den Kopf gelegt. Dann war ich zur Treppe gerobbt und unten in Deckung gegangen. Aber das Ganze dauerte nicht mal eine Minute, und als Stille herrschte, ging ich wieder hinauf und fand Cola in bester Stimmung. Er meinte, er habe vielleicht einen der beiden erwischt. »Jedenfalls«, sagte er, »haben wir jetzt ihre Aufmerksamkeit. Heute haben wir's ihnen gezeigt. Wir haben die Latte ein bisschen höher gelegt, oder?

Oder? Scheiße, Lucian! Das ist viel, viel besser als Schrott zu verkaufen, oder?«

Cola war begeistert. Für ihn war es ein großartiger Tag. Ich dagegen fragte mich: *Und wohin jetzt?*

HÄUSER
IM WALD

Carlotta Campbell DeMorgan zog wie ein Wandertheater in unser Tal ein. Ich hatte erwartet, dass sie Geld anweisen würde, damit Pamela und Duncan von hier verschwinden konnten, aber das, stellte ich fest, war nicht Carlottas Stil. Carlotta wollte einen Auftritt mit gemieteter Limousine, livriertem Chauffeur – mindestens so schick wie der von Armentrout – und einem halben Dutzend Koffer und Taschen. Sie hatte alles außer dressierten Affen. Obwohl ... vielleicht hatte sie die auch: uns. »Die gute alte Lottie«, sagte Addison. Seit der Trennung von Rex Lord hatte sie missvergnügt in London gelebt, unter lauter Arabern, Indern, Iranern, Russen und Chinesen. Sie sei froh, nicht mehr dort zu sein, sagte sie. London habe sich sehr verändert. »Du solltest Kensington sehen, Darling. Ich meine, man kommt sich vor wie in einem verdammten Souk.«
Carlotta war nach New York geflogen und hatte sich von einem Limousinenservice hinauf in unser Tal fahren lassen. Dort suchte sie als Erstes Addison auf. Die beiden waren über die Jahre befreundet geblieben, auch wenn sie sich nur selten sahen. Addison war es gewesen, der Carlotta, die gerade Urlaub in der Schweiz machte, schließlich erreicht hatte.

»Ich war gerade in Gstaad«, sagte sie. »Natürlich habe ich alles stehen und liegen lassen und bin mit der nächsten Maschine zu meinem kleinen Engel geflogen. Ich meine, Businessclass, also praktisch Zwischendeck. Aber wirklich, mein Schatz« – sie wandte sich zu ihrer Tochter – »sieh dich nur an: wie ein Gespenst.«

»Wahrscheinlich ist das Essen in St. Bart nicht so besonders«, sagte Addison. »Wir werden sie ein bisschen aufpäppeln.«

»Sie sieht aus wie ein Gespenst«, wiederholte Carlotta.

Pamela verdrehte die Augen. »Mir geht's prima«, sagte sie. Man hatte den Eindruck, dass sie und ihre Mutter nicht allerbeste Freundinnen waren.

Addison wandte sich zu Carlotta. »Warst du allein in Gstaad?«, fragte er sie.

»Nein.«

Addison hob eine Augenbraue und wartete.

»Rex war auch da.«

»Rex?« Addison sah Carlotta, dann Pamela, dann mich und schließlich wieder Carlotta an. »Tatsächlich?«, sagte er. »Wie kam das denn?«

»Rex und ich wollen alles noch mal überdenken«, sagte sie.

»Überdenken?«, sagte Addison. »Nach allem, was war? Nach dem, was hier passiert ist? Nachdem er deine Tochter bedroht und gejagt hat? Nach all dem wollt ihr alles noch mal *überdenken?*«

Carlotta wedelte mit ihrer eleganten Hand. »Also, bitte, Darling, bitte. Wir sind doch keine Kinder. Ich kenne Rex sehr gut. Natürlich – ich war schließlich sieben schreckliche Jahre mit ihm verheiratet. Ich meine, wir alle wissen, was Rex ist: ein Verbrecher, ein Monster. Aber unterm Strich ist er einfach *scheißreich*, stimmt's?« (Sie klang wie Duncan, wenn er den ganz harten Burschen markieren wollte. Miss Maitland hätte sie beide an derselben Reckstange aufgehängt.)

Die Holiday-Farm war Homers Idee, nicht meine. Mir fiel nichts mehr ein. Auf die eine oder andere Art waren unsere besten Verstecke entdeckt worden, und nach der Schießerei auf dem Schrottplatz hatte keiner große Lust auf eine Wiederholung. Und so schlug Homer vor, wir könnten das junge Paar doch im Zuckerhaus der Holiday-Farm unterbringen. Der Plan erschien mir nicht wesentlich besser als das, was wir bisher probiert hatten, aber keiner hatte einen besseren. Also dann – das Zuckerhaus.
Die Holiday-Farm lag in Mount Nebo und gehörte zur Gemeinde Jordan. Zu Zeiten unserer Großeltern (oder vielmehr unserer Urgroßeltern) war sie eine von vielen im Tal gewesen, die unter Einsatz harter Arbeit einen kargen Ertrag abwarfen. Aber der letzte hart arbeitende, karg wirtschaftende Holiday war längst weggezogen, und seine Nachfolger hatten das Land größtenteils verkauft. Das Farmhaus war inzwischen die Sommerresidenz von Konzertmusikerinnen aus Boston, allesamt hochgewachsene Frauen, die dort Gott weiß was taten, wenn sie nicht gerade auf ihren Geigen und Cellos und so weiter herumfiedelten. Man wusste nicht, was man von diesen Musikdamen halten sollte, aber sie blieben für sich und machten keinen Ärger, und so ließ man sie in Ruhe. Homer war ihr Hausmeister.
Die alte Holiday-Farm bestand aus dem Farmhaus an der Straße und einem Zuckerhaus, in dem man früher Ahornsirup eingekocht hatte und das etwas entfernt auf einem kleinen Hügel stand. Wenn die Musikerinnen nicht da wa-

ren, war das Zuckerhaus ein beliebter Ort für Partys, bei denen sich die jungen Leute der Gemeinde einfanden, um Bier zu trinken, Joints zu rauchen und anderen Unfug zu treiben. Über die Jahre hatten wir dort nur allzu oft den halben oberen Jahrgang der Cardiff Highschool zusammengestaucht und heimgeschickt. Das Zuckerhaus war ein echtes Ärgernis. Irgendwann hatte ich Homer mal diskret vorgeschlagen, er und ich könnten doch in einer dunklen Nacht mit ein paar Litern Benzin zum Zuckerhaus fahren und tun, was getan werden musste. Homer reagierte zurückhaltend. Wie sich herausstellte, fuhr er in der Jagdsaison selbst gern dorthin. Er verbrachte ein paar Tage im Zuckerhaus, machte Feuer in dem alten Ofen, auf dem früher die Kessel gestanden hatten, und ernährte sich von Bohnen und Corned Beef aus der Dose. Und vielleicht ein bisschen Whiskey. Jedenfalls nicht von Wildbret. Homer sagte, er habe an der Holiday-Farm noch nie einen einzigen Hirsch gesehen. Trotzdem wollte er nicht darauf verzichten. Okay, okay.

Homer kam mit, als ich Duncan und Pamela zur Holiday-Farm brachte.
»Nicht nötig«, sagte ich. »Wir kriegen das schon hin.«
»Ist aber besser«, sagte er. »Ich hab den Schlüssel.«
»Es gibt einen Schlüssel?«
»Genau genommen nicht«, sagte Homer. »Aber ich komme trotzdem lieber mit. Schließlich hab ich versprochen, ein Auge auf das Haus zu haben.«
»Wem denn?«
»Den Musikerinnen«, sagte Homer. »Ich helfe ihnen, wo ich kann.«
Homer und Duncan fuhren voraus, Pamela und ich folgten

ihnen. Ich war, ehrlich gesagt, ganz froh, dass Homer dabei war. Armentrouts Schwergewichte konnten nicht wissen, dass wir das junge Paar in der Holiday-Farm unterbringen wollten, aber sie hatten auch nicht wissen können, dass die beiden im Hideaway und bei Cola gewesen waren, und trotzdem hatten sie sie aufgestöbert. Diese Burschen waren anscheinend ziemlich findig. Möglich, dass sie uns an der Farm erwarteten oder demnächst dort auftauchen würden. Darum war es mir ganz recht, dass Homer mitkam. Pamela nahm ihre Tasche und das Flötenköfferchen und setzte sich auf den Beifahrersitz des Pick-ups.

»Wohin fahren wir?«, fragte sie, als wir Homers Wagen folgten.

»In den Wald, zur alten Holiday-Farm.«

»Schon wieder in den Wald?«

»Ein Versteck im Wald ist so ziemlich das Einzige, was ich euch anbieten kann«, sagte ich.

»Sind wir dort sicher?«

»Bestimmt«, sagte ich.

»Denn die Verstecke, die Ihnen bisher eingefallen sind ... das Motel, der Bus ... ich meine, die waren ja ganz okay, aber nicht gerade sicher, oder?«

»Nein«, sagte ich.

»Ich hoffe, das hier ist besser«, sagte Pamela.

»Jedenfalls ist deine Mutter jetzt da«, sagte ich. »Dann ist doch alles in Ordnung, nicht? Ihr werdet mit ihr irgendwo anders hinfahren.«

»Ich werde irgendwo anders hinfahren, aber nicht mit ihr.«

»Nicht? Hast du dich nicht gefreut, sie zu sehen?«

»Ich habe mich gefreut, ihre goldene Kreditkarte zu sehen«, sagte Pamela. »Über alles andere eher nicht. Sie ist nicht gerade die Mutter des Jahres, Sheriff. Wir sehen uns nicht so oft.«

»Und wo willst du hin?«

»Zu einer Schulfreundin. Da kann ich bleiben, bis die Ferien vorbei sind. Mein Vater ist in Mexiko, da könnte ich auch hin. Alles ist prima, solange ich nicht da bin, wo Rex ist.«

»Noch so eine Sache«, sagte ich. »Was ist mit Lord? Was hat er dir getan?«

»Darüber will ich nicht sprechen, Sheriff«, sagte Pamela.

»Du kannst was unternehmen, das weißt du, oder?«, sagte ich. »Ich meine, nicht hier, bei mir. Es gibt Schritte, die du einleiten kannst, ganz gleich, wie reich er ist.«

Aber Pammy schüttelte den Kopf.

»Okay«, sagte ich. »Und was ist mit Dunc?«

»Was soll mit ihm sein?«

»Ihr seid zusammen, oder? Wird er dich begleiten?«

»Nein, Duncan ist ein netter Kerl. Wir sind Freunde. Aber wir sind nicht *zusammen*. Nicht so, wie Sie es meinen.«

»Wie meine ich es denn?«

»Außerdem«, fuhr sie fort, »ist er hier zu Hause. Er gehört hierher, und ich werde bald von hier verschwinden.«

»Okay«, sagte ich noch einmal. »Ich nehme an, du weißt, was du tust – mehr oder weniger, wie die meisten. Viel Glück. Und zerbrich dir wegen Hector und seinem Freund nicht den Kopf. Da, wo wir jetzt hinfahren, bist du fürs Erste sicher. Keine Sorge.«

»Ich mache mir keine Sorgen, Sheriff«, sagte sie. »Kein bisschen. Aber das wissen Sie ja.«

O-oh. Sie hörte sich an wie Duncan mit bereinigtem Vokabular. Ich sah sie an. Sie saß da, die Hände im Schoß gefaltet, und sah gelassen nach vorn.

»Ich bin nicht ganz sicher, ob ich das weiß«, sagte ich. »Wie meinst du das: ›Ich mache mir keine Sorgen‹?«

Pamela lächelte und klappte das Flötenköfferchen auf. Darin war keine Flöte, sondern eine .45er Automatic.

»Herrgott!«, rief ich. »Woher hast du die? Moment – das ist Colas .45er, stimmt's?«

»Mr Hitchcock hat sie mir gegeben, als wir in seinem alten Bus waren«, sagte sie. »Er hat gesagt, ich soll sie benützen, wenn's sein muss.«

»Das hat er gesagt, ja? Na toll. Hast du schon mal eine Waffe in der Hand gehabt? Weißt du, wie man schießt?«

»Mr Hitchcock sagt, es ist nichts dabei. Er hat's mir gezeigt.« Sie nahm die Pistole aus dem Köfferchen. »Man zieht dieses Ding hier zurück ...«, sagte sie und spannte den Hahn.

»*Nein*«, sagte ich. »Stopp. Stopp.« Ich griff nach der Hand, mit der sie die Waffe hielt. »Stopp, okay?« Ich entspannte vorsichtig den Hahn. »Die gibst du lieber mir«, sagte ich, »und ich gebe sie Cola.«

Aber davon wollte Pamela nichts wissen. Sie schüttelte den Kopf. »Kommt nicht in Frage«, sagte sie.

»Miss DeMorgan«, sagte ich. »Pamela. Hör mir zu. Ich mache diesen Job seit vielen Jahren. Ich habe viele haarige Situationen erlebt. Ich bin zwar nicht ganz sicher, ob eine davon so haarig war wie diese hier, aber ob du es glaubst oder nicht: Ein paar waren nahe dran. Was ich sagen will, ist: Ich habe noch nie eine haarige Situation erlebt, die durch eine Waffe weniger haarig geworden ist.«

Pamela schüttelte erneut den Kopf und ließ die Pistole nicht los, legte sie aber immerhin wieder in das Köfferchen, das sie zuklappte und verschloss. Ich hielt den Mund, und wir fuhren weiter zur Holiday-Farm. Wie es aussah, war Duncan nicht der Einzige, der Mumm hatte. Aber bei der Wahl zwischen Duncans Mumm, der hauptsächlich in seinem Mund saß, und dem von Pamela, hinter dem immerhin Colas .45er stand, hätte ich mich wohl für Pamela entschieden. Duncan quatschte von Waffen, die anderen gehörten, seinem Vater zum Beispiel. Pamela quatschte nicht. Was Waffen betraf, so war sie ausgestattet, bereit und offen für alles. Unser Team hatte jetzt also eine Aushilfe in Form einer bewaffneten Schülerin. Nicht gut.

Im Zuckerhaus machten Homer, Duncan, Pamela und ich uns daran, die Bierdosen, Pizzaschachteln, Zigarettenkippen und gebrauchten Kondome zusammenzufegen. Decken und Lebensmittel für die beiden hatten wir mitgebracht. Carlotta würde Pamela bald in Sicherheit bringen, irgendwo außerhalb des Tals, ja vielleicht sogar außerhalb des Landes, wenn sie wollte. Ein, zwei Tage noch, dann war das hier vorbei.
Als ich dann wegfuhr, blieb Homer mit den jungen Leuten zurück. Auch das tat er freiwillig. Homer unterstand nicht dem Sheriff Department – ich hätte ihm nicht befehlen können, den Babysitter für Duncan und Pamela zu spielen. Und einen meiner Deputys hätte ich ebenfalls nicht anweisen können, sich in etwas einzumischen, das allem Anschein nach eine Privatangelegenheit war. Homer sprang in die Bresche.
»Ich bleibe hier«, sagte er. »Hab ja sonst nichts zu tun.«
»Ich weiß das zu schätzen«, sagte ich. »Wenn du willst, kann ich dir eine Waffe dalassen.«
»Brauche ich nicht«, sagte Homer.
»Und was machst du, wenn die anderen auftauchen?«
»Dann rede ich mit ihnen«, sagte Homer.

Homer ist ein ruhiger Typ. Ihn regt so schnell nichts auf. Ich wusste, dass es keinen Zweck hatte, auf irgendetwas zu bestehen. Wie Wingate und andere ruhige Typen ist Homer ein sturer Bock. Wenn man ihm zusetzt, geht er einfach weg, und ich brauchte jetzt seine Hilfe. Also blieb er unbewaffnet bei Pamela und Duncan. Er würde sich um sie kümmern und sie unterhalten, zweifellos mit Geschichten von alten Zeiten und anderen Dingen, für die Jugendliche sich brennend interessieren.

Zum Beispiel, wie die Musikerinnen ihn einmal in seiner Eigenschaft als Constable kommen ließen, weil sie befürchteten, im Zuckerhaus habe sich ein Landstreicher eingenistet. In genau diesem Zuckerhaus. Homer war damals nicht Constable in Mount Nebo. Mount Nebo hatte gar keinen Constable. Die Damen hatten also kein Recht, Homer zu bemühen, aber er fuhr trotzdem hin, um ihnen zu helfen, denn er war ziemlich sicher, dass er wusste, was da vor sich ging. Er war ziemlich sicher, dass es Hugh Calhoun war, der jugendliche Delinquent der Gemeinde, der ins Zuckerhaus gezogen war, weil ihn sein Vater wieder mal rausgeschmissen hatte. Hugh kampierte schon eine Woche dort, als die Damen aus Boston kamen, um gemeinsam Musik zu machen. Sie hatten sein Zeug gefunden, er selbst war aber gerade nicht da. Homer sollte den Eindringling festnehmen. Er verschwieg den Damen, dass er nicht der zuständige Constable war, und sagte, er werde sich darum kümmern.

Er machte sich gleich ans Werk und postierte sich an der Straße nach Mount Nebo, wo die Zufahrt zur Holiday-Farm abzweigt. Als Hugh auftauchte, sagte Homer, er solle verschwinden. Die beiden hatten einen offenen und umfassenden Meinungsaustausch, und es kann sein, dass Homer ein bisschen Druck ausübte, aber nur ein bisschen. Hugh verschwand.

Für Homer und die Musikdamen war damit alles erledigt, nicht aber für Hugh. Homer hatte vorgeschlagen, er solle doch mal einen echten Ortswechsel in Erwägung ziehen. Kurz darauf ging Hugh zum Marine Corps. Als er zurückkehrte, war er ein anderer Hugh. Jetzt ist er Geschäftsführer in einem Geschäft für Autoteile in Brattleboro und Diakon der Valley Chapel – das ist eine ziemlich gottesfürchtige Gemeinde. Hugh sagt, es sei der Herr gewesen, der ihn auf den rechten Weg gebracht habe – der Herr, mit Homers Hilfe. Er sei im Eiltempo unterwegs in die Hölle gewesen, als der Herr Homer zu Seinem Instrument erwählt habe, um Hugh zu retten.

»Dann bist du ja ein richtig wichtiger Mensch, oder?«, fragte man ihn.

»Sein Wille geschehe«, sagte Homer dann.

Clemmie nahm die Brille ab und legte sie auf den Nachttisch. Sie sah mich an und stieß mir ihren linken Ellbogen sanft in die Rippen.

»Bist du noch wach?«

»Jetzt schon«, sagte ich.

»Ich hab nachgedacht.«

»O Gott«, sagte ich.

»Weißt du, was mir gerade aufgefallen ist?«, fragte Clemmie.

»Hmm?«

»Die ganze Zeit sind alle total aus dem Häuschen wegen Rex Lord. Alle sind zu hundert Prozent sicher, dass er der Bösewicht ist, der im Hintergrund die Fäden zieht, stimmt's?«

»Hmm?«

»Aber so ist es gar nicht«, sagte Clemmie. »Lord steckt nicht dahinter. Er hat nie dahintergesteckt.«
»Wer dann?«
»Der Grabscher aus dem Inn: Carl Armentrout.«
»Und wie kommst du darauf?«, fragte ich.
»Armentrout will alles klein und diskret abwickeln«, sagte Clemmie. »Keine Polizei, keine Presse, nur du – ein Hinterwäldler mit einem Sheriffstern.«
»Danke«, sagte ich.
»Er macht das heimlich«, sagte Clemmie, »aber nicht, weil Lord es so will. Das wäre gar nicht in seinem Interesse. Wenn Lord Pamela finden wollte, würde er die Kavallerie rufen. Ich wette, er weiß nicht mal, dass sie verschwunden ist. Armentrout ist derjenige, der keinen Staub aufwirbeln will – bis er Pamela hat und kassieren kann.«
»Falsch«, sagte ich. »Du machst Armentrout zu groß. Er ist ein Arschloch, keine Frage, aber er steht unter Vertrag. Wenn Lord abdrückt, macht Armentrout *Peng*. Er ist ein Werkzeug, sonst nichts.«
»Das sollt ihr alle glauben«, sagte Clemmie, »aber in Wirklichkeit ist Armentrout nicht Nummer zwei, sondern Nummer eins. Schon immer. Das ist der ganze Trick: Er befolgt gar keine Befehle von Lord oder irgendwem sonst. Er verfolgt sein eigenes Ziel.«
»Und das wäre, Mrs Holmes?«
Sie warf mir einen Blick zu, ließ sich aber nicht provozieren.
»Er will dich vom Hals haben, Pammy finden, sie mitnehmen, Duncan einen Tritt verpassen, zu Lord gehen und ihm sagen, wenn Carlotta ihre Tochter je wiedersehen will, muss er bezahlen.«
»Du meinst, eine Art Lösegeld?«

»Nicht *eine Art* Lösegeld«, sagte Clemmie. »Lösegeld. Was denkst du denn?«

»Ich glaube, du siehst zu viel fern.«

»Ach ja? Und warum?«

»Du machst die Dinge komplizierter, als sie sind. Wir haben keinen Grund zu der Annahme, dass Armentrout nicht das ist, was er behauptet. Und wir haben von Pamela und Carlotta gehört, was für eine Art von Mensch Lord ist.«

»Hör bloß auf mit Carlotta«, sagte Clemmie und schnaubte.

»Was ist denn mit ihr?«

»Was mit ihr ist? Mal sehen, ob mir da was einfällt. Sie ist zum Beispiel eine schamlose Schwindlerin, spielt die High-Society-Tussi – ›Ach *Schätzchen*‹, tralala, bla, bla, bla –, dabei war ihr Vater Polizist in der Bronx, sagt Daddy.«

»Was ist so schlecht an einem Polizisten?«

»Die Bronx ist in New York.«

»Ich weiß, wo die Bronx ist«, sagte ich. »Aber was ist so schlecht an einem Polizisten?«

Wahrscheinlich hatte Clemmie keine Lust, in diesen Ring zu steigen, jedenfalls blieb sie auf Kurs.

»Daddy sagt auch, dass sie DeMorgan, ihren englischen Mann, nicht nur wegen seines Hirns oder vielmehr des Mangels daran abserviert hat, sondern vor allem, weil sie sein Vermögen krass überschätzt hatte. Darum redet sie jetzt davon, dass sie und Rex Lord alles noch mal *überdenken* wollen. Weißt du, wie man solche Frauen nennt? Goldgräberinnen. Na, dann viel Glück.«

»Und was hat das mit der Frage zu tun, ob Armentrout auf eigene Rechnung oder für Lord arbeitet?«

»Nichts«, sagte Clemmie. »Ich wollte es nur erwähnt haben.« Sie streckte die Hand nach dem Lichtschalter aus.

»Danke.«

»Ich finde, du solltest wissen, mit was für Leuten du es zu tun hast.«

»Vielen Dank«, sagte ich.

Clemmie ließ sich ins Kissen sinken, wandte sich zu mir und kuschelte sich ein. Sie tätschelte mir unter der Decke die Brust und gab mir meinen Gutenachtkuss aufs Ohr.

»Schlaf gut, Sheriff.«

BUSTERS DEESKALATION

Als ich am nächsten Tag zur Arbeit kam und sah, dass Buster Marchs Sattelschlepper praktisch den gesamten Parkplatz vor dem Sheriff Department blockierte, dachte ich: O-oh – nicht gut. In unserem kleinen Drama um Pamela, Duncan, Armentrout und seine Schläger trat aus den Kulissen plötzlich eine Figur, auf die ich gern verzichtet hätte.
Tja, nicht zu ändern. Buster erwartete mich. Als ich ausstieg, sprang er aus seinem Fahrerhaus, kam auf mich zu und benahm sich, als wollte er an meiner Brust hochklettern.
»Hallo, Buster«, sagte ich. »Seit wann sind Sie wieder da?«
»Seit ein paar Stunden«, sagte Buster. »Was für eine Scheiße läuft hier?«
»Sie hätten nicht hier draußen warten müssen«, sagte ich. »Sie hätten reingehen sollen. Unsere Funkerin hätte Ihnen wenigstens eine Tasse Kaffee gegeben.«
»Ich hab Sie was gefragt, Sheriff«, sagte Buster. »Was läuft hier? Wo ist mein Junge?«
»Kommen Sie«, sagte ich und ging hinein. Er folgte mir, zischend wie eine Steakpfanne.
Randolph March – Buster – war Fernfahrer aus St. Johnsbury. Pro Monat war er nicht länger als eine Woche zu Hause, und

wenn er unterwegs war, dann gewöhnlich auf einer langen Tour: nach New York, Florida, Texas – sogar nach Alaska und ein paarmal nach Mexiko.

Vielleicht waren diese langen Fahrten nicht gut für seinen Rücken, vielleicht bekam er davon Verstopfung oder Hämorrhoiden oder irgendwas anderes Schmerzhaftes – jedenfalls war Buster kein fröhlicher Mensch. Um die Wahrheit zu sagen: Er war ein mieser, misslauniger, niederträchtiger Scheißkerl. Außerdem war er der Vater von Duncan March. Das war Pech für Duncan, seine Freunde, seine Lehrer, seine Mitspieler und Trainer und alle anderen, mit denen er zu tun hatte. Duncans Mutter Amy hatte sich längst scheiden lassen und wieder geheiratet und lebte jetzt in Kalifornien. Wenn Buster unterwegs war, parkte er Duncan bei verschiedenen Onkeln, Tanten und Cousins. Der Junge wuchs in Gäste- und Mansardenzimmern auf und schlief in Schlafsäcken und auf Sofas. Kein Wunder, dass Deputy Treat ihn als Waisenjungen bezeichnet hatte. Addison nannte ihn Huckleberry Finn.

Dass er praktisch kein Zuhause hatte, war für Duncan vielleicht nicht mal das Schlechteste. Als kleiner Junge war er von Buster oft geschlagen worden – er hatte ständig Beulen, Schürfwunden und blaue Flecken. Duncan hätte in die Obhut des Jugendamts gehört, und Buster hätte sich vor einem Richter verantworten müssen, aber das passierte eben nicht, und irgendwann war Duncan groß und stark, zu groß und stark, um sich von seinem Vater verprügeln zu lassen. Eines denkwürdigen Abends, als Buster sich den Gürtel aus der Hose zog und Duncan befahl, sich vorzubeugen, drehte der sich um und schlug seinen Vater k.o. Von da an verfolgte Buster klugerweise einen anderen Ansatz. Schließlich wollte er keinen Sparringspartner, sondern ein Opfer. Jetzt tat er so, als wäre er Duncans bester Freund, sein Vorkämpfer gegen eine feindliche Welt. Diese feindliche Welt bestand natürlich noch immer hauptsächlich aus Buster selbst, wie Duncan bestimmt genau wusste, aber das war dem neuen, beschirmenden Vater, der Buster jetzt war, nicht anzumerken. Sofern man ihm glaubte.

Das ist etwas, das man öfter erlebt, als man meinen sollte: Eltern, die als Teufel zu Bett gehen und als Engel erwachen, als Schutzengel, als Beschützer und Freunde. Man erlebt Familien, in denen sich das Leben über Nacht von einem Boxkampf in ein gemütliches Picknick verwandelt. Die Menschen sind seltsam.

Im Büro bot ich Buster meinen Besucherstuhl an. Dann zog ich meine kleine Show ab und suchte den Kaffee. Ich suchte hier und suchte dort. Ich öffnete die Tür und rief durch den Flur nach Evelyn. Zeit für ein bisschen Deeskalation.

»Haben wir Kaffee, Evelyn?«

»Klar haben wir Kaffee«, rief sie zurück.

»Wo ist er dann?«

»Genau da, wo Sie sind.«

»Ist er aber nicht«, rief ich.

Evelyn seufzte. »Moment«, rief sie, »ich sehe nach.« Sie rührte sich nicht von der Stelle. Sie blieb an ihrem Tisch sitzen. Evelyn und ich hatten diese Nummer schon hundertmal aufgeführt, für hundert aufgebrachte Steuerzahler, die irgendein Eingreifen meinerseits verlangten. Ich wandte mich zu Buster. »Evvy wird ihn schon finden«, sagte ich. »Bestimmt hat sie ihn irgendwo versteckt.«

»Ich will keinen Kaffee, verdammt«, sagte Buster. »Ich will meinen Sohn sehen. Er sollte bei Clara sein, aber da ist er nicht. Die Scheißschule, auf die er geht, hat Ferien. Da ist er auch nicht. Irgendwas ist im Busch. Ich hab meine Ex in Kalifornien angerufen. Sie sagt, Sie wissen wahrscheinlich, was für eine Scheiße da läuft. Also: Wo ist mein Sohn, verdammt?«

»Er ist mit seiner Schulfreundin auf der Holiday-Farm in Mount Nebo. Homer Patch ist auch dort.«

»Schulfreundin?«, fragte Buster. »Ich weiß nichts von einer Schulfreundin. Soll das heißen, er hat eine *richtige* Freundin?«

»Das weiß ich nicht, Buster«, sagte ich. »Fragen Sie Duncan.«

»Das werde ich auch. Was macht er ... was machen die auf der Holiday-Farm?«

Ich öffnete die Schranktür. »Ah, da ist er ja!«, sagte ich. »Ich hab ihn gefunden«, rief ich Evelyn zu, die sich längst wieder in ihr Taschenbuch vertieft hatte.

»Milch und Zucker?«, fragte ich Buster.

»Was?«

»Den Kaffee. Mit Milch? Und Zucker?«

»Zwei Stück Zucker«, knurrte Buster.

Ich schenkte ein, gab Zucker hinein und stellte den Becher vor ihn auf den Schreibtisch. »Gut so?«, fragte ich. »Nicht zu viel Zucker?«

»Nein, prima«, sagte Buster, ohne einen Schluck zu trinken.

»Gut, gut«, sagte ich, schenkte mir ebenfalls einen Becher ein, ging um den Schreibtisch herum und setzte mich in meinen Sessel. Dann erzählte ich Buster die ganze Geschichte. Ich sah nichts, was dagegen sprach. Ich sagte, Duncan und Pamela seien auf der Flucht vor Pamelas Stiefvater. Ich erzählte ihm von Armentrout und seinem kleinen Team, das die beiden – oder wenigstens das Mädchen – finden sollte und sowohl das Lager in Constance Truax' Wald als auch die Hütte beim Hideaway zerstört hatte. Ich beschrieb die Schießerei auf Colas Schrottplatz. Ich sagte, Pamelas Mutter sei da und werde ihre Tochter bald aus diesem Schlamassel herausholen. Buster hörte mir reglos zu und rührte den Kaffee nicht an.

»Daran ist nur diese verdammte Reichenschule schuld«, sagte er, als ich geendet hatte. »Seit er da ist, hat er nichts als Scheiße im Kopf. Denkt, er ist der König. Denkt, er ist was Besseres.«

Da könnte er recht haben, dachte ich. Was ich sagte, war: »Ich weiß, Buster, ich weiß: Es ist immer schwierig, wenn die Kinder sich verändern.« Ich hoffte, Buster würde mich nicht fragen, woher zum Teufel ich das wusste, da ich doch keine Kinder hatte, doch er sagte nur: »Scheiße, ja, das kann man wohl sagen.«

Ich machte weiter. »Da versucht man, seinen Jungen zu einem brauchbaren Menschen zu erziehen«, sagte ich, »man gibt ihm, was er braucht – und dann verändert er sich. Er geht hin und verändert sich einfach. Als wäre er gekidnappt worden. Ist es nicht so?«

»›Gekidnappt‹ ist genau das richtige Wort«, sagte Buster und nahm sich nach den Lehrern und Hausvorstehern in St. Bartholomew nun Armentrout und seine Schwergewichte vor. »Das Mädchen ist mir übrigens scheißegal«, sagte Buster. »Mir geht's nur um Dunc. Wenn einer von diesen Arschlöchern denkt, er kann meinen Sohn herumschubsen, hat er sich getäuscht. Ich werde tun, was ich tun muss, um meinen Jungen zu beschützen. Irgendein Scheißkerl aus der Stadt hat ein paar Schläger auf Dunc angesetzt? Da sag ich nur: Sollen sie kommen, sollen sie nur kommen.«

Große Sprüche lagen bei den Marchs offenbar in der Familie. Große Sprüche und unanständige Wörter. Schön zu sehen, dass alte Traditionen von Generation zu Generation weitergegeben werden.

»Nur keine Aufregung, Buster«, sagte ich. »Wir beschützen Duncan schon. Das ist unser Job, nicht Ihrer.«

»Und den haben Sie auch ganz toll erledigt, was?«, sagte Buster. »Ich sag Ihnen was, Sheriff: Ich fahr jetzt rauf zur Holiday-Farm, lass mir die ganze Geschichte noch mal von Duncan erzählen und seh nach, ob bei ihm alles okay ist. Scheiße für Sie, wenn nicht. Wenn doch, bleibe ich vielleicht da oben und helfe ein bisschen aus. Vielleicht auch nicht. Vielleicht bringe ich Duncan nach Hause. Vielleicht mach ich mich auf die Suche nach den Schleimscheißern, die Duncan suchen. Ich kann tun, was ich will. Es ist ein freies Land, oder?«

»Frei wie ein Scheißschmetterling«, sagte ich.

Also, wenn die Sache bei Rhumba auf der Deeskalationsskala eine 9 war, dann war das hier bestenfalls eine 2. Buster hatte sich im Lauf unseres Gesprächs etwas abgeregt, aber nicht sehr. Er war bereit, es mit Armentrouts Schwergewichten und der ganzen Roten Armee aufzunehmen. Er war bereit, es mit Armentrout und sogar mit dessen Boss Rex Lord aufzunehmen. Buster machte mir Sorgen. Er verschwendete keinen Gedanken an Armentrouts Macht oder Lords Geld. Er wollte sie frontal angreifen – oder es jedenfalls versuchen. Und das bedeutete nichts als Ärger. Wie Wingate immer sagte: Wenn ein armer Mann einen anderen armen Mann tritt, erfährt es keiner, wenn ein reicher Mann einen armen Mann tritt, interessiert es keinen, aber wenn ein armer Mann einen reichen Mann tritt, ist die Hölle los.

Am schlimmsten war, dass Buster nicht einen einzigen Schluck Kaffee getrunken hatte. Wenn man in einem geschlossenen Raum ist, zum Beispiel in einem Büro, wo es Kaffee gibt, und der Gesprächspartner seinen Kaffee nicht anrührt, kann man nicht von Deeskalation sprechen.

Wie es aussah, war Buster nicht der einzige erregte Elternteil, mit dem ich es an diesem Morgen zu tun bekam. Als er aus meinem Büro gestürmt war, teilte Evelyn mir über die Sprechanlage mit, Addison und Carlotta seien da und wollten mich sprechen. Ich rief sie rein und gab eine Runde Kaffee aus. Die beiden tranken ihn wenigstens. Während ich mit Kanne und Bechern hantierte, warf ich so, dass Carlotta es nicht sehen konnte, einen Blick auf Addison. Sein Gesicht war wie versteinert: kein Lächeln, kein Seitenblick, keine angehobene Augenbraue. O-oh.

Ich setzte mich hinter meinen Schreibtisch. »Wie nett, dass ihr vorbeischaut.« Ich war die Freundlichkeit in Person. »Was kann ich für euch tun?«

»Ihre Arbeit«, sagte Carlotta.

»Wie bitte?«

»Sie könnten Ihre Arbeit tun, Sheriff«, sagte Carlotta. »Ich bin jetzt seit zwei Tagen hier. Ich habe mit Pamela gesprochen. Ich habe mit diesem vollkommen unpassenden jungen Mann gesprochen. Ich habe mir von Addison sogar dieses grässliche Motel zeigen lassen. Das Ding gehört in den Irak.«

»Das ist mir neu«, sagte ich.

»Was haben Sie sich eigentlich gedacht, als Sie Pamela in einem solchen Loch untergebracht haben?«, wollte sie wissen.

»Ich habe gedacht, dort sind sie und Duncan March sicher,

während wir uns um die Leute kümmern, die hinter ihnen her sind.«

»*Kümmern?* Sie haben gar nichts getan, Sheriff. Und zu Ihrer Vorstellung von Sicherheit gehört anscheinend, die Kinder erst in dieser Bruchbude unterzubringen, sie dann mitten in eine grauenhafte Schießerei zu zerren und schließlich irgendwo im Wald einzusperren. Sehe ich das ungefähr richtig, Sheriff?«

»Sie sind nicht eingesperrt«, sagte ich.

»Lass Lucian seine Arbeit machen, Lottie«, sagte Addison.

»Seine Arbeit machen? Darum bin ich ja hier: damit er seine Arbeit macht. Aber das tut er nicht. Das kann er anscheinend nicht.«

Sie wandte sich wieder zu mir. »Sie haben nicht genug Leute«, sagte sie. »Sie denken, Sie können diese Sache ganz allein regeln, aber das können Sie nicht. Sie brauchen Hilfe.«

»Ruf Farrabaugh an«, sagte Addison.

»Farrabaugh?«, fragte Carlotta ihn.

»Die State Police«, sagte Addison. »Ruf sie an, Lucian – sonst tut sie's.« Er zeigte mit dem Kinn auf Carlotta.

Carlotta und Addison zogen wieder ab. Ich saß da und sah aus dem Fenster. Carlotta hatte recht: Ich brauchte Verstärkung. Trotzdem passte mir das nicht. Es ging mir gegen den Strich. Es ging mir gegen den Strich, Captain Farrabaugh und seine Uniformpolizisten meine Arbeit machen zu lassen. Farrabaugh mit seiner Befehlskette, seinem Spezialvokabular und seinen hohen Vorgesetzten. Ich dachte an die Nachtigal-Sache vor ein paar Jahren. Farrabaugh und seine Pfadfinder hatten mich von einer Operation in meinem Bezirk, meinem Revier, meinem Zuhause ausgeschlossen – ohne Grund, ohne Ausrede, ohne Entschuldigung.

Tja, aber Carlotta und Addison hatten wohl recht. Ich musste Farrabaugh anrufen. Aber ich musste es nicht gern tun. Und ich musste es nicht sofort tun. Ich glaube, ich habe erwähnt, wie stur Wingate sein kann. Und da ist er nicht der Einzige, oder?

DREI WOCHEN IN PHILADELPHIA

»Aber Darling«, sagte Carlotta, »siehst du das denn nicht? Das alles hier ist genau wie in diesem Witz.«
»In was für einem Witz?«, fragte Addison.
»Dem Philadelphia-Witz«, sagte Carlotta, die an diesem Abend die großzügige Gastgeberin spielte und Addison, Clemmie und mich zum Abendessen ins Inn eingeladen hatte. Sie war jetzt seit drei Tagen in der Stadt und zeigte erste Entzugserscheinungen: Ihr fehlten extravagante, überteuerte Gerichte, serviert auf dicken weißen Tischtüchern. Das Inn entsprach selbstverständlich keineswegs ihren großstädtischen Ansprüchen, aber es war das Beste, was das Tal zu bieten hatte, und so ihre Frage: »Was kann man bei *Côtelettes d'agneau à l'anglais* schon falsch machen?«
»Was ist das?«, fragte ich.
»Lammkoteletts«, sagte Clemmie.
»Philadelphia-Witz?«, sagte Addison. »Ach so, natürlich, der von W. C. Fields.«
Ich fing Clemmies Blick auf und wies mit dem Kinn auf den Eingang zum Speisesaal. Carl Armentrout kam gerade herein und wurde zu einem für eine Person gedeckten Tisch auf der anderen Seite des Raums geführt, seinem, wie Clemmie

sagte, gewohnten Tisch, denn er war nun schon seit einiger Zeit ein zwar nicht unbedingt gern gesehener, aber einträglicher Gast des Inns. Er setzte sich, sah sich um, entdeckte uns und kam an unseren Tisch.

»Lottie!«, sagte Armentrout, »Sie sind hier? Aber ja, offensichtlich sind Sie hier. Wie waren die Alpen?« Er nickte Clemmie, Addison und mir zu, richtete seine Aufmerksamkeit aber ganz auf Carlotta.

»Die Alpen waren da, Carl«, sagte Carlotta. Wäre Armentrout aus Wasser gewesen, dann hätte sie ihn in einen Eisblock verwandelt.

»Wir haben uns lange nicht gesehen«, sagte Armentrout. »Sie sehen wunderbar aus. Sie sind bestimmt wegen Pammy hier. Ich bin sicher, sie wird bald auftauchen.«

»Ja, das wird sie«, sagte Carlotta.

»Vielleicht ist sie ja schon aufgetaucht.« Armentrout sah sie mit zusammengekniffenen Augen an. »Sie haben sie nicht gesehen, nehme ich an? Rex ist sehr besorgt.«

»Der arme Rex«, sagte Carlotta.

»Sie haben sicher mit ihm gesprochen. Das haben Sie doch, oder?«, fragte er.

»War nett, mit Ihnen zu plaudern, Carl«, sagte Carlotta.

»Was für eine Schlange!«, sagte Carlotta, als Armentrout zu seinem Tisch zurückgekehrt war. »Was für ein Insekt! Ich hab ihm nie getraut, nie. Rex hat immer gesagt, ich bin dumm. Wir werden ja sehen, wer hier der Dumme ist. Was für eine Kröte! Trotzdem kann er einem fast ein bisschen leidtun, nicht? Er muss tagelang hier herumsitzen und auf Neuigkeiten von seinen äh ... Mitarbeitern warten. Ich meine, er ist ja kein Vollidiot. Bestimmt langweilt er sich zu Tode.«

»Jetzt fängst du schon wieder damit an«, sagte Addison.

»Wer außer dir langweilt sich hier? Du verstehst das anscheinend nicht. Du redest, als wäre diese Gegend eine Wüste. Aber wir leben hier.« Er nickte zu Clemmie und mir. »Wir leben hier. In diesem Tal. Wir sind ebenfalls keine Idioten. Und wir langweilen uns nicht.«

»Manchmal vielleicht ein kleines bisschen«, sagte Clemmie.

»Oh, versteh mich nicht falsch«, sagte Carlotta. »Ich weiß, warum ihr diese Gegend liebt. Ich sehe die Schönheit, die Ruhe, die Leute. Alle sind sehr nett. Aber sei ehrlich, Darling: Das, was du gesagt hast, war's dann auch. Mehr gibt's hier nicht. Wie gesagt: Es ist wie in dem Philadelphia-Witz.«

»Und wie geht der?«, fragte Clemmie.

»Das ist eine alte Nummer von W. C. Fields«, sagte Addison. »Fields ruft irgendeinen Wettbewerb aus. Der erste Preis ist eine Woche in Philadelphia. Der zweite Preis sind zwei Wochen in Philadelphia. Der dritte Preis sind drei Wochen in Philadelphia.«

»Und genau das ist es, Darling«, sagte Carlotta. »Was du jeden Tag siehst und tust, ist ja ganz gut und schön, aber darüber hinaus gibt es hier nichts. Man wartet auf den nächsten Schritt, die nächste Sache, aber da kommt nichts. Da ist keine Bewegung. Da tut sich nichts. Es ist wie ein Wachsfigurenkabinett. Ja, genau das ist es. Das ist euer Tal: drei Wochen in Philadelphia.«

»Verstehe ich nicht«, sagte ich.

Wingate überraschte mich. »Clemmie glaubt, dass Armentrout hinter dieser ganzen Sache steckt«, sagte ich zu ihm, »und dass Lord eigentlich gar nichts damit zu tun hat.«

»Lord ist dieser reiche Typ in New York?«

»Genau. Rex Lord. Der Stiefvater des Mädchens.«

»Und der andere ist sein Anwalt?«

»Ja.«

»Könnte sein, dass sie recht hat, deine Clementine«, sagte Wingate.

»Tatsächlich?«, fragte ich. »Wieso?«

»Also«, sagte Wingate. »Überleg mal: Wer macht hier ein Geschäft? Wenn Mr Lord gewinnt, kriegt er das Mädchen, stimmt's? Schön und gut, aber dann ist er wieder da, wo er vorher war. Kein Gewinn. Wenn dagegen Mr ... wie hieß er noch?«

»Armentrout.«

»Wenn dagegen Mr Armentrout gewinnt, ist Zahltag. Dann sackt er ein. Das nennt man Anreiz, oder?«

»Sehe ich nicht so«, sagte ich. »Lord ist Armentrouts Brötchengeber – und es sind verdammt große Brötchen. Er ist Armentrouts Boss.«

»Na und?«, sagte Wingate. »Es gibt viele Menschen, die ihren Boss nicht mögen. Sie tun zwar so, aber in Wirklichkeit hassen sie ihn. Du weißt das nicht, weil du einen guten Boss hattest. Mich. Ich war dein Boss.«

»Du warst mein Boss?«, sagte ich. »Das war mir nicht immer ganz klar.«

»Ich weiß«, sagte Wingate. »Und jetzt ist dir nicht ganz klar, wer dein Gegner ist – Lord oder Armentrout. Wäre aber ganz interessant, oder?«

»Allerdings.«

»Und wie willst du es rausfinden?«

»Das wollte ich dich gerade fragen.«

»Ich an deiner Stelle«, sagte Wingate, »würde zu deinem Schwiegervater gehen. Zu Anwalt Jessup.«

»Zu Addison?«, fragte ich. »Wo kommt der ins Spiel? Er hat

nichts mit Armentrout zu tun. Ich glaube, er hat mal gesagt, dass er Lord von früher kennt, aber ich hatte nicht den Eindruck, dass er ihn damals besonders gut kannte oder dass er jetzt noch mit ihm in Kontakt steht.«

»Dass du nicht den Eindruck hattest, heißt aber nicht, dass man keinen Eindruck hätte kriegen können, oder?«

»Nein.«

»Außerdem«, fuhr Wingate fort, »ist Rechtsanwalt Jessup ein gebildeter Mann. Ein Profi. Kein dummer, ungebildeter Hinterwäldler wie du und ich. Wäre vielleicht gut, mal zu hören, wie er die Sache sieht.«

»Bestimmt«, sagte ich.

»Bist du sicher?«, fragte Addison und hielt die Flasche White Horse in der ausgestreckten Hand. Wir saßen auf der mit Moskitogitter geschützten hinteren Veranda seines Hauses. Er schwenkte die Flasche und hob die Augenbrauen. Ich schüttelte den Kopf.

»Im Dienst«, sagte ich. Addison seufzte und schenkte sich ein.

»Was ich nicht verstehe«, sagte ich, »ist: Wenn Clemmie recht hat und Armentrout Pammy finden und festhalten will, bis Lord bezahlt hat – wie soll das funktionieren? Sie ist nicht Lords Tochter, und er wirkt nicht besonders großzügig. Sie hat ihn praktisch beschuldigt, irgendwelche schrecklichen Sachen gemacht zu haben. Warum sollte er für sie bezahlen?«

»Das kann ich dir sagen«, erwiderte Addison. »Wegen Carlotta. Lottie wird ihm sagen, dass er bezahlen soll, sonst ...«

»Sonst was?«

»Sonst sorgt sie dafür, dass gewisse interessierte Kreise – in der Regierung, in der Justiz, in der Presse – gewisse Informationen erhalten, die sie hat, Informationen über gewisse Geschäfte, die Rex Lord im Lauf der Jahre getätigt hat, und über gewisse private Projekte, von denen Rex sehr gern möchte, dass sie privat bleiben. Du verstehst, was ich meine?«

»Ich verstehe.«

»Die Sache ist«, fuhr Addison fort, »Carlotta hat früher für Rex Lord gearbeitet. Damals habe ich sie kennengelernt, in New York, da war sie frisch geschieden von Roger DeMorgan. Sie war Lords persönliche Assistentin. Weißt du, was eine persönliche Assistentin ist?«

»Ich weiß nur, dass ich keine habe«, sagte ich. »Wahrscheinlich brauche ich auch keine.«

»Falsch«, sagte Addison. »Jeder braucht eine. Deine persönliche Assistentin ist dein Gehirn, dein Gedächtnis, deine Garderobiere, dein Terminplan, deine Buchhalterin, deine Sekretärin, deine Kupplerin, deine –«

»Meine Kupplerin?«

»Egal. Die hast du ja auch nicht. Hoffe ich jedenfalls. Im Augenblick. Der springende Punkt ist: Als Lords PA und später als seine Frau war Carlotta in der Lage, bis auf den Boden des Brunnens zu sehen. Sie kennt all seine Geheimnisse – oder jedenfalls mehr als genug. Wenn sie sagt, dass er blechen soll – für Pamela, für den Tierschutzverein oder sonst irgendwas –, dann blecht er. Verlass dich drauf. Lottie hat Lord an den Fiern. Und er weiß es.«

»Das hätte ich ihr gar nicht zugetraut«, sagte ich.

»Unterschätze Lottie nicht. Sie tut, als wäre sie die Herzogin von Dingleberry und hätte nichts im Kopf, aber lass dich nicht täuschen. Lottie ist ziemlich intelligent und knallhart.«

»Klingt so, als hättest du sie damals recht gut gekannt.«

»Kann man wohl sagen«, sagte Addison. »Immerhin waren Lottie und ich mal verlobt.«
»Tatsächlich? Und dann?«
»Und dann bin ich mit ihr hier raufgefahren. Damit sie sieht, wo ich herkomme, meine Familie kennenlernt und so weiter. Das erschien mir damals eine gute Idee. War sie aber nicht. Im Gegenteil, es war ein großer Fehler. Carlotta sah sich ein-, zweimal um und fragte mich mit leiser, eindringlicher Stimme, ob ich vorhätte, nach unserer Hochzeit hierherzuziehen. Ich sagte, ja, das hätte ich vor. Langes Schweigen. Am nächsten Tag war sie unterwegs nach New York. Ein Jahr später hat sie Rex Lord geheiratet.«
»Und du Clemmies Mom.«
»Monica«, sagte Addison. »Das war später. Ihr hat's hier oben auch nicht besonders gefallen. Komisch eigentlich.«
»Vielleicht war's gar nicht das Tal, das ihnen nicht gefallen hat«, sagte ich.
»Was denn sonst?«
»Du.«
»Kann nicht sein«, sagte Addison. »Was Lottie und Rex Lord betrifft: Er hatte alles, was sie wollte. Sie hat es zielstrebig angesteuert und gekriegt. Gut gemacht, Lottie.«
Addison verstummte und sah tief in sein Glas White Horse.
»Was?«, sagte ich.
»Carlotta«, sagte Addison. »Manchmal denke ich noch an sie. Wir waren gut zusammen, wir haben gut zusammengepasst. In jeder Hinsicht, wenn du verstehst, was ich meine. Bis auf eines: die Gegend. Die Wälder, die Hügel, die kleinen Dörfer, der Winter. All dem war Carlotta nicht gewachsen. Da war sie irgendwie komisch. Sie hat gesagt, sie käme sich hier vor wie auf einer Bühne voller Kulissen. Als wäre alles aus

Papier und Pappmaché, als könnte sie in irgendeine Kuh auf einer Weide mit einem kräftigen Schlag ein Loch machen, als würde sie, wenn sie durch eine Tür gehen wollte, gegen die Wand laufen, weil die Tür nur aufgemalt war.«

»Also, ich kenne ein paar Kühe«, sagte ich, »wenn sie bei denen versuchen würde, ein Loch reinzuhauen, würde sie sehr schnell herausfinden, wie echt die sind.«

»Die gute alte Lottie. Nein, es hätte ganz sicher nicht funktioniert. Und trotzdem ...«

Carlottas Wunsch, schwere Geschütze in Form der State Police aufzufahren, wurde bald erfüllt. Am Tag nachdem sie mich aufgesucht hatte, stattete Dwight Farrabaugh uns einen Überraschungsbesuch ab, und dabei war gar nicht mein Geburtstag.

»Wir müssen uns mal unterhalten, Lucian«, sagte Captain Farrabaugh und setzte sich auf meinen Besucherstuhl.

»Worüber?«

»Darüber, dass dein Gärtchen hier eine wilde Mischung von ausländischen Bösewichten anzieht. Kannst du mir vielleicht sagen, woran das liegt? Ihr habt hier praktisch eine Verbrecher-UNO. Wie kommt's?«

»Keine Ahnung«, sagte ich. »Glück? Das viele schöne Herbstlaub?«

»Vor ein paar Jahren diese verrückten Russen oder was immer die waren, und jetzt das.«

»Und jetzt was?«, fragte ich.

Dwight legte einen braunen Umschlag auf den Tisch und schob ihn mir zu. »Und jetzt diese beiden«, sagte er.

Ich nahm den Umschlag und zog zwei Fotos heraus, die offenbar aus einer Polizeiakte stammten: Front- und Profilansichten von zwei Männern, dahinter Markierungen zur Bestimmung der Körpergröße. Der eine war ein Schrank, eins achtundneunzig groß, mit einer Hakennase und einem grob geschnittenen, pockennarbigen Gesicht. Der andere war Armentrouts Chauffeur: eins fünfundsiebzig, Pausbacken, kleine, helle Augen. Das war alles, was Dwight mir gab – keine Namen, keine Unterlagen, keine Daten, kein Hinweis darauf, woher diese Fotos stammten.

»Der große Gentleman da ist Kubaner und heißt Hector Mendes Colon«, sagte Dwight. »Er ist fünfzig und operiert meist in New York und Mexico City als Schuldeneintreiber – nennen wir's mal so. Als Schuldeneintreiber und eine Art Allzweckmuskelmann. Und noch ein bisschen mehr. Nach meinen Informationen liegen in Mexiko mindestens zwei Haftbefehle wegen Mord gegen ihn vor – aber wer weiß, vielleicht ist das da unten ganz normal? Jedenfalls – ein nützlicher Mann. Gib Hector irgendeinen Auftrag, und er erledigt ihn.

Sein Freund heißt Bray, Louis Bray. Soviel wir wissen. Jedenfalls ist das einer der Namen, die er benutzt. Engländer aus London. Glauben wir – sicher sind wir nicht. Sein Alter? Wissen wir nicht. Seine Branche? Dieselbe wie die des Señors. Würde man nicht meinen, oder? Dieses pummelige kleine Kerlchen? Aber lass dich nicht täuschen – nach meinen Informationen ist er ein harter Bursche. Wenn Bray findet, dass es sich lohnt, und richtig in Fahrt kommt, sieht Mendes neben ihm wie ein Chihuahua aus.«

»Du sagst immer: ›nach meinen Informationen‹. Was sind das für Informationen? Woher hast du die?«

»Ach, komm, Lucian«, sagte Dwight, »du weißt doch genau, dass ich dir das nicht sagen kann.«

»Ja, richtig, hab ich ganz vergessen, das gehört ja zu deinem berühmten *Teamwork*, stimmt's? Also los, raus damit.«
Dwight zuckte die Schultern und sah aus dem Fenster.
»Spuck's aus, Captain«, sagte ich. »Danach fühlst du dich besser, das weißt du.«
Dwight sah mich an. Dann stand er auf und schloss die Tür. Er setzte sich wieder und rückte den Stuhl näher an den Schreibtisch.
»Ich hab heute Morgen einen Anruf gekriegt«, sagte er. »Von oben.«
»Von deinem Kommandeur?«
»Nein. Höher.«
»Höher?«
»Höher.«
»Generalstaatsanwaltschaft?«
Dwight zeigte an die Decke.
»Was soll das heißen?«, fragte ich. »Vom Gouverneur?«
»Höher.«
»Wirklich?«, fragte ich.
Dwight nickte. »Der Anrufer – und frag mich jetzt nicht, wer er war – hat gesagt, dass sich Mendes und Bray in deinem Zuständigkeitsbereich befinden. Man hat sie observiert und ihre Identität überprüft. Es sind tatsächlich Mendes und Bray, aber wir wissen nicht, was sie hier vorhaben. Weißt du's?«
»Vielleicht machen sie ein bisschen Urlaub auf dem Land?«
Dwight sah mich tadelnd an. »Sheriff?«, sagte er.
»Na gut«, sagte ich. »Ich weiß wahrscheinlich, was du wissen willst. Den Kleinen, Bray, kenne ich. Jedenfalls hab ich ihn schon mal gesehen.«
»Wo?«

»Vorher möchte ich dir gern noch ein paar Fragen stellen. Kennst du einen Rex Lord?«

»Nein«, sagte Dwight. »Es sei denn, du meinst den Milliardär. Meinst du den?«

»Genau den.«

»Immer noch nein – aber ich hab mal was über ihn in der Zeitung gelesen.«

»Kennst du einen Anwalt namens Armentrout? Carl Armentrout?«

»Nein«, sagte Dwight.

»Vielleicht unter dem Namen Bascom oder Bassett?«

»Nein«, sagte Dwight. »Und jetzt sag mir, was du weißt.«

Also erzählte ich Dwight die ganze traurige Geschichte: von den Ausreißern, von Armentrout und den Leuten, die nach den beiden suchten, und von unseren Bemühungen, sie in Sicherheit zu bringen – alles bis zum gegenwärtigen Stand der Dinge und der Ankunft von Buster, der es kaum erwarten konnte, mit seinem Sattelschlepper loszubrausen und die ganze Sache an die Wand zu fahren.

»Dieser letzte Typ gefällt mir gar nicht«, sagte Dwight, als ich fertig war.

»Ich bin auch nicht gerade verrückt nach ihm.«

»Hör zu, Lucian«, sagte Dwight, »das betrifft ihn und dich und deine Leute: Haltet euch von diesen beiden Männern fern. Haltet Abstand. Hast du verstanden? Wenn irgendwas mit ihnen ist, rufst du uns an. Das ist alles. Sonst nichts. Ihr unternehmt nichts. Für euch gilt: Ihr haltet euch auf jeden Fall und unter allen Umständen von Mendes und Bray fern.«

So war Dwight: keine langen Worte. Das war zum Teil eine Frage des Corpsgeistes oder so. Die State Police und das Sheriff Department stehen auf derselben Seite, sind aber anders aufgezogen und ausgebildet worden – wie die Army und das Marine Corps, wie Hunde und Katzen. Die State Police hat ein dickes Budget, sie hat Wissenschaftler und Techniker, sie hat das Personal, die Ausrüstung, den Fuhrpark. Sie hat das Prestige. Aber wir haben den Spaß. Dwight weiß das, und manchmal übt er dann mehr Druck aus, als er müsste. Er brauchte mir nicht zu sagen, dass ich mich von Mendes und Bray fernhalten sollte. Ich hatte nicht die Absicht, mich ihnen zu nähern.

Aber vermutlich ahnte ich es schon: Ich hielt mich zwar von ihnen fern, aber sie sich nicht von mir.

EIN HAUFEN ASCHE

Ich tappte in die älteste Falle der Welt: eine Dame in Not. Am Freitag Nachmittag vor dem letzten Wochenende im Mai war ich unterwegs nach Hause, als Evelyn mich anfunkte. Sie hätte zur selben Zeit Feierabend machen sollen wie ich.
»Was machen Sie am Funktisch?«, fragte ich. »Gehen Sie nach Hause.«
»Susies Wagen macht Zicken. Sie hat angerufen, um zu sagen, dass sie etwas später kommt. Ich hab ihr gesagt, ich halte die Stellung.«
»Und weswegen rufen Sie mich jetzt?«
»Da ist jemand mit dem Wagen liegengeblieben. An der River Road, hinter Houstons Farm. Liegt fast auf Ihrem Weg.«
»Okay«, sagte ich, »ich sehe mal vorbei.« Rückblickend frage ich mich, ob Evelyns Stimme vielleicht etwas belegt und seltsam klang. Gut möglich. Aber damals dachte ich mir nichts dabei. Höchstens, dass man schon ein bisschen belegt klingen kann, wenn man gerade erfahren hat, dass der Freitagabend den Bach runtergeht.
Nach ein paar Kilometern auf der River Road sah ich einen schönen neuen Lexus auf dem Seitenstreifen stehen. New Yorker Kennzeichen. Getönte Scheiben, so dass man nicht

hineinsehen konnte. Kühlerhaube aufgeklappt. Eine junge Frau stand hilflos neben dem Wagen und winkte schüchtern. Ich hielt hinter ihr an. Sie sah gut aus: rotes Haar, schlank, Mitte dreißig, in einer dieser Cowboy-Jeans, die mehr kosten, als ein Cowboy im Jahr verdient.

Ich stieg aus meinem Pick-up und ging an dem Lexus vorbei zu der jungen Frau. »Kein Benzin mehr?«, fragte ich. Sie gab keine Antwort, sondern lächelte nur eigenartig. Ich war in Höhe der Fahrertür, als die hintere linke Tür geöffnet wurde und ein Mann ausstieg. Wegen der getönten Scheiben hatte ich ihn nicht sehen können. O-oh. Es war Mendes, der Kubaner, alias Hector, der größere von Armentrouts Gorillas. Auf Dwight Farrabaughs Foto war er gut getroffen. Hector sah aus wie ein harter Brocken, und sein pockennarbiges Gesicht wirkte irgendwie verunstaltet, als hätte er mal einen schweren Unfall oder Verbrennungen erlitten.

»Sheriff? Sind Sie bewaffnet?«, fragte Mendes mich. Er hatte einen kleinen Akzent. Spanisch? Gut möglich. Er war ruhig und gelassen, ganz Herr der Lage, Herr jeder Lage.

Ich schüttelte den Kopf. Mendes nickte der jungen Frau zu, die von der Frontpartie des Lexus zu uns kam.

»Legen Sie die Hände auf das Wagendach und treten Sie einen Schritt zurück, Sheriff«, sagte Mendes. »Sie wissen ja, wie das geht.«

Ich wusste, wie das ging. Ich stützte die Hände auf das Dach und stemmte mich gegen den Wagen. Die Frau trat hinter mich und überprüfte mich sehr gründlich und professionell. Sie klopfte mich nicht bloß ab, sondern strich und tastete mit beiden Händen, rauf und runter, oben und unten, in allen Winkeln und Ritzen. So was machte nicht mal Clemmie – höchstens wenn sie sehr in Stimmung war und ein paar Gläser Wein intus hatte. Dann trat die Frau zurück und nickte Hector zu.

Hector nahm meine Arme und hielt sie fest. Die Frau zog ein Paar Handschellen aus der Tasche und fesselte mir die Hände auf den Rücken. Sie sah Hector an. Hector nickte, und sie klappte die Motorhaube des Lexus zu, setzte sich ans Steuer, ließ den Motor an und fuhr die River Road entlang davon. Sie hatte kein einziges Wort gesagt. Ich sah sie nie wieder.

Hector nahm mich am Arm, führte mich zu meinem Pick-up und half mir beim Einsteigen. Dann setzte er sich auf den Fahrersitz, fuhr los und wendete. Es ging also nicht nach Cardiff, sondern in die Berge, in Richtung Mount Nebo und Holiday-Farm. Nicht gut.

Ich hatte Schmerzen. Hectors Komplizin hatte die Handschellen so hoch und fest angelegt, dass meine Schultern sich anfühlten, als wären sie fast ausgerenkt. Ich beugte mich vor, um sie zu entlasten. Hector gefiel das nicht.

»Lehnen Sie sich zurück, Sheriff«, sagte er. »Genießen Sie die Fahrt.«

»Können Sie die Handschellen nicht ein kleines bisschen lockern? Oder darf ich mich wenigstens anders hinsetzen? Die Dinger sind verdammt unbequem.«

»Ob Sie's bequem haben oder nicht, Sheriff, ist mir völlig egal«, sagte Hector.

»Hab ich verstanden«, sagte ich. Wir fuhren quer durchs Tal. Als wir die Abzweigung zur Holiday-Farm erreichten, wurde es dunkel.

Hector parkte in der Kurve vor dem Zuckerhaus und ließ mich aussteigen. Dabei zerrte er mit einem Ruck an den Handschellen, so dass ich beinahe aufschrie. »Habe ich Ihre Aufmerksamkeit, Sheriff?«, sagte er. »Gut. Sie gehen voraus.

Sie rennen nicht. Sie versuchen keine Tricks. Sie denken nicht mal daran. Sehen Sie die?« Er hob den Hemdzipfel und zeigte mir die kleine Automatic, die in einem Gürtelhalfter steckte. »Sie würden nicht weit kommen«, sagte er. »Sie verstehen?«

»Ich verstehe«, sagte ich.

Wir verließen die Straße und gingen durch den Wald. Offenbar wollte Hector einen Bogen schlagen und sich dem Zuckerhaus von der Rückseite nähern. Er blieb zwei Schritte hinter mir. Ja, er hielt mich ziemlich gut in Schach. Ich hatte nicht viel Spielraum, es sei denn, seine Kanone war eine Attrappe, und das glaubte ich eigentlich nicht. Also stapften wir querfeldein.

»Arbeiten Sie für Armentrout?«, fragte ich ihn, als wir ein paar hundert Meter gegangen waren.

»Ich arbeite für keinen, Sheriff.«

»Selbständig, hm?«, sagte ich. »Das ist gut. Sein eigener Herr zu sein – das stelle ich mir schön vor. Ich weiß es natürlich nicht, ich bin ja Angestellter des Countys, schon immer. Aber ich verstehe Sie vollkommen – ich würde auch nicht für Armentrout arbeiten, egal, was er zahlt. Ich mag den Mann nicht. Das ist eine Frage der Selbstachtung, finden Sie nicht auch? Es gibt Dinge, die wichtiger sind als Geld.«

»Sheriff?«, sagte Hector.

»Was?«

»*Callate!* Halten Sie den Mund.«

Okay. Hector ließ sich offenbar nicht deeskalieren.

Nach weiteren fünfzehn Minuten blieb ich stehen und wies mit dem Kinn auf ein Licht, das links vor uns durch die Bäume schien. Jemand hatte eine Laterne angezündet. Inzwischen war es beinahe vollkommen dunkel. Man konnte die

Umrisse des Zuckerhauses mit dem erleuchteten Fenster kaum erkennen.

»Das ist es«, sagte ich. »Das ist das Zuckerhaus der Holiday-Farm.«

Hector spähte. »Gut«, sagte er. »Schön ruhig, Sheriff.«

Wir näherten uns dem Haus. Durch das Fenster sah ich Duncan und Pamela an der gegenüberliegenden Wand stehen. Sonst niemanden – noch nicht jedenfalls.

Ich spürte Hectors Hand auf der Schulter und blieb stehen. Er zog seine kleine Pistole und hielt sie in der rechten Hand. Die linke legte er mit gespreizten Fingern auf meinen Rücken und schob mich voran. Mit einer Zielscheibe, so groß wie Pennsylvania, auf der Brust – so kam es mir zumindest vor – und einer zweiten, so groß wie Ohio, auf dem Rücken gingen wir zum Zuckerhaus, erstiegen die Stufen zu der kleinen Veranda und öffneten die Tür.

Drinnen herrschte Schweigen. Das Zuckerhaus bestand aus einem einzigen Raum von etwa sechs mal sechs Metern, trüb beleuchtet von ein paar Eisenbahnlaternen. Es war so still wie bei einem Quäker-Gottesdienst. Ich sah mich um. Fünf Personen. Duncan und Pamela standen an der Wand. Duncans Hände waren mit Handschellen auf den Rücken gefesselt, Pamelas waren frei, aber sie rührte sich nicht. Sie drückte das Flötenköfferchen an die Brust. Homer und Buster March saßen mit ebenfalls nach hinten gefesselten Händen Rücken an Rücken auf dem Boden und waren obendrein in Brusthöhe mit einem Seil umwickelt. Die beiden sahen aus wie ein uraltes, monströses Wesen, wie eine riesige Spinne oder Krabbe. Buster blutete aus einer Platzwunde am Kopf. Er hatte anscheinend versucht, die Party zu stören, und eins verpasst gekriegt, offenbar von Carl Armentrouts

Chauffeur, dem Engländer, der laut Farrabaughs Informationen Louis Bray hieß.

Der saß mitten im Raum auf dem Rand des gemauerten Ofens. In seinem schwarzen Anzug, dem weißen Hemd und der schwarzen Krawatte sah er aus wie der Juniorpartner eines Beerdigungsunternehmers. Er hielt eine Schrotflinte im Schoß und wirkte unzufrieden.

»Du bist spät dran«, sagte er zu Hector.

»Wir haben jede Menge Zeit«, sagte Hector.

Homer sah zu mir auf. »Sie sind Buster gefolgt«, sagte er. »Ich hätte mit so was rechnen sollen. Hab ich aber nicht.«

»Mit so was kann man nicht rechnen«, sagte ich.

»*Callate!*«, sagte Hector.

»Wo ist Carl?«, fragte der kleine Chauffeur.

»Ha«, sagte Hector. »Señor Carl legt gerade die Beine hoch, da kannst du sicher sein. Oder hast du etwa gedacht, er macht mit, wenn's wirklich was zu tun gibt? Wir holen ihn ab, wenn wir von hier verschwinden. Also jetzt.« Er wandte sich zu mir. »Sheriff, unsere Begegnung endet hier. Wir lassen Sie und die drei Männer hier. Natürlich werden Sie Ihren Vorgesetzten über meinen Kollegen und mich berichten. Natürlich wird das überhaupt nichts ändern. Wir werden längst weg sein. Mir persönlich tut das nicht leid.«

»Mir schon«, sagte ich. »Ihr werdet mir ungeheuer fehlen.«

»Señor Louis wird Sie jetzt an die Wand fesseln«, sagte Hector. Bray legte die Schrotflinte beiseite, stand auf und zog ein Paar Handschellen aus der Tasche seines Jacketts. Diese Burschen mussten Anteile an einer Handschellenfabrik haben – das war ihnen jedenfalls zu wünschen.

»Was ist mit dem Mädchen?«, fragte ich Hector.

»Die Kleine nehmen wir mit«, sagte er.

»*Nein*«, sagte Pamela.
»Nein«, sagte Duncan.
»Nein«, sagte Buster.
»Wer ist das?«, fragte Homer und sah zur Tür.
»Wer ist das?«, fragte Bray und fuhr herum.
»Wer ist das?«, fragte ich und wandte mich ebenfalls zur Tür, gerade rechtzeitig, um zu sehen, wie die ganze Seite des Raums förmlich explodierte.

Ein paar kurze, trampelnde Schritte auf der Veranda, und dann erzitterte die Wand wie bei einem Erdbeben, wölbte sich weiter und weiter nach innen, gab nach und zerbrach mit einem krachenden Donnern und in einem Regen aus Holzsplittern, Schindeln und Fensterglas.

Eine niedrige, massige Gestalt raste mit hoher Geschwindigkeit durch die zerstörte Wand in den Raum. Einen Augenblick lang dachte ich, es sei ein Fahrzeug – ein Hubwagen vielleicht oder ein Golfwagen –, doch dann sah ich, dass es Big John war, der wilde Keiler, mal wieder auf freiem Fuß. Ich brachte mich durch einen Sprung auf den Ofen in Sicherheit, während Big John sich daran machte, den Raum, die Wände, die Fenster, mit einem Wort: das ganze Zuckerhaus zu zerlegen.

Er war wie ein Tornado. Hector schlug nach einem Bodycheck so hart mit dem Kopf an die Wand, dass er bewusstlos zu Boden sank. Der Kleine, Bray, versuchte zu fliehen, doch John erwischte ihn mit einem seiner Hauer und schleuderte ihn wie eine Stoffpuppe quer durch den Raum. Er blieb liegen, wo er gelandet war, und rührte sich nicht mehr.

Pamela klappte ihr Flötenköfferchen auf und riss Colas .45er heraus, offenbar in der Hoffnung, etwas zum Geschehen beizutragen. Leider löste sich der Schuss, bevor sie so weit war.

(So viel zu Colas Qualitäten als Schießlehrer.) Die Kugel traf eine der Lampen, woraufhin sich an einem Ende des Raums eine Pfütze aus brennendem Petroleum ausbreitete. Homer, Buster und die beiden jungen Leute suchten wie ich auf dem Ofen Zuflucht. Wir sahen Big John zu, der wie ein durchgedrehter Windhund auf der Hunderennbahn herumraste, durch das sich ausbreitende Feuer sprang und sich gegen die der Tür gegenüberliegende Wand warf. Sie barst ebenso wie die erste, und der wilde Keiler raste, eine Spur aus Glut und stiebenden Funken hinter sich her ziehend, hinaus in die Dunkelheit.

Das Zuckerhaus war aus Holz und brannte wie Zunder. Zeit zu verschwinden. »Die Schlüssel«, rief ich Pamela zu. Sie eilte zu dem bewusstlosen Hector und durchwühlte seine Taschen. Als sie die Schlüssel für die Handschellen gefunden hatte, befreite sie mich, und ich befreite Homer, Buster und Duncan. Dann zogen wir Hector und Bray an den Füßen aus dem Gebäude, knapp bevor das Feuer sie erreichte. Schließlich standen wir vor dem Zuckerhaus und sahen zu, wie es in Flammen aufging.

»Wir hätten es schon vor Jahren abfackeln sollen«, erinnerte ich Homer.

»Was? Dann hätten wir ja den ganzen Spaß verpasst«, antwortete er.

Sicherheitshalber fesselten wir Hector und Bray an zwei Bäume. Homer war dafür, sie gleich einzupacken und der State Police zu übergeben, aber ich war dagegen. Wir wussten nicht, wie schwer die beiden verletzt waren, und außerdem würde irgendjemand das Feuer sehen und melden, so dass wir bald mit Verstärkung rechnen konnten. Wir beschlossen zu bleiben, wo wir waren.

Wir brauchten nicht lange zu warten. Fahrzeuge bogen mit hoher Geschwindigkeit um die Kurve der Zufahrt. Rote und blaue Blinklichter. Das Dach des Zuckerhauses war eingestürzt.

Von dem Gebäude waren eigentlich nur noch der gemauerte Ofen und ein stinkender Haufen verkohlter Balken übrig, schwach beleuchtet von Flammen, die hier und da aufflackerten und erstarben.

Deputy Treat kam zu mir, gefolgt von drei Beamten der State Police, zwei Rettungssanitätern und dem Hauptmann der freiwilligen Feuerwehr von Mount Nebo. Treat musterte erst das abgebrannte Zuckerhaus und dann Hector und Bray. Die beiden waren zu sich gekommen. Die Sanitäter untersuchten sie.

»Was ist passiert, Sheriff?«, fragte Deputy Treat.

»Die beiden hier waren hinter Pamela her«, sagte ich. »Sie hatten uns gefesselt und wollten sie gerade mitnehmen, als dieser Höllenkeiler reingestürmt kam wie ein führerloser Güterzug und alles kurz und klein gemacht hat.«

»Big John?«, fragte Treat. »Kein Scheiß?«

»Kein Scheiß«, sagte ich.

»Ich bin schon den ganzen Tag hinter ihm her«, sagte Treat. »Heute Morgen war er noch in Dead River.«

»Dann ist er ein verdammt schneller Keiler«, sagte ich. »Würde einen guten Stürmer abgeben.« Langsam fühlte ich mich besser.

»Wie ist das Feuer ausgebrochen?«, fragte der Feuerwehrhauptmann.

»Die beiden da hatten eine Laterne. Die ist zerbrochen und hat das Haus in Brand gesetzt.«

»Na, da bin ich ja froh, dass wir rechtzeitig hier waren«, sagte der Hauptmann und betrachtete die qualmende Glut, die einst das Zuckerhaus gewesen war. »Wir haben mal wieder einen Haufen Asche gerettet, was?«

»Gute Arbeit«, sagte ich.

Wir übergaben Hector und Bray an die Kollegen von der State Police, damit sie sie bei Captain Farrabaugh abliefern konnten, und machten uns daran, die Operation abzuschließen. Big John hatte Bray eine Fleischwunde am Oberschenkel beigebracht, und Hector hatte eine große Beule am Kopf, aber beide schienen einigermaßen munter. Hector war sogar regelrecht keck.

»Warum verschwenden Sie die Zeit dieser Leute, Sheriff?«, fragte er mich. »Sie wissen doch, dass wir in ein paar Stunden wieder draußen sind. Sie können uns nichts anhängen. Wir haben nichts Verbotenes getan.«

»Sie sind zu bescheiden«, sagte ich. »Wollen mal sehen: Sie haben einen Angehörigen der Polizei – mich – entführt und mit vorgehaltener Waffe festgehalten. Den Constable hier übrigens ebenfalls.« Ich nickte zu Homer. »Außerdem haben Sie geplant, diese junge Frau zu entführen. Sie haben fremdes Eigentum vorsätzlich beschädigt, unter anderem durch Brandstiftung. Und Sie haben andere bedroht. Und das sind nur die hiesigen Vergehen. Da, wo man Sie jetzt hinbringt, liegen Gott weiß wie viele Sachen in Gott weiß wie vielen Orten gegen Sie vor. Die werden sich wirklich freuen, Sie zu sehen. Die werden sich gar nicht von Ihnen trennen wollen.«

Ehrlich gesagt, nichts davon klang besonders beeindruckend, nicht mal für mich. In Wirklichkeit hatte Hector wohl recht: Mit Armentrouts Hilfe würden er und Bray im Handumdrehen wieder auf freiem Fuß sein. Immerhin hatten sie hier oben aber nichts mehr verloren. Ihr Plan, für Pamela ein

Lösegeld zu erpressen, war hinfällig, sobald Rex Lord von Armentrouts Doppelspiel erfuhr. Hector und Bray würden nicht im Gefängnis landen, aber keiner von beiden würde sich noch einmal in unserem Tal sehen lassen. Damit würde ich mich zufriedengeben. Klar. Normalerweise kann man in meiner Branche nicht dafür sorgen, dass etwas Schlechtes gut oder auch nur ein bisschen besser wird, aber manchmal kann man dafür sorgen, dass etwas Schlechtes für eine Weile woanders schlecht ist. Ich finde, wenn sich die Möglichkeit bietet, sollte man sie ergreifen.

Wir fuhren im Dunkeln den Hügel hinunter. An der Einmündung der Zufahrt in die Landstraße trennten wir uns. Die State Police rückte mit den Festgenommenen ab. Deputy Treat bot an, zum Sheriff Department zu fahren und einen Bericht über den Vorfall zu schreiben. Ich hielt ihn nicht davon ab. Ich war erledigt. Es war ein langer Tag gewesen, und ich machte mich auf den Weg nach Hause, zu Clemmie und einem kalten Bier. Aber ich schaffte es nicht ganz. Eine letzte Karte musste noch umgedreht werden.

Kurz bevor ich zu Hause ankam, meldete Treat sich per Funk. Er war im Büro. Dort hatte er nicht Evelyn vorgefunden, die doch angeblich Susie, die Nachtfunkerin hatte vertreten müssen, weil deren Wagen nicht angesprungen war, sondern vielmehr Susie, die in der Abstellkammer eingeschlossen gewesen war und an die Tür gehämmert hatte – hungrig, durstig, mit einem sehr dringenden Bedürfnis und scheißwütend. Ihr Wagen war völlig in Ordnung, sie war wie immer zur Nachtschicht erschienen. Evelyn hatte sie gebeten, ein paar Formulare zu holen. Als Susie in die Abstellkammer gegangen war, hatte Evelyn die Tür zugeknallt und abgeschlossen und war verschwunden. Zu Hause war sie nicht.

Sie war nirgends – oder vielmehr möglicherweise unterwegs zu einem fernen Strand, wo sie sich bald einen exotischen Cocktail gönnen würde, in Gesellschaft der Dame in Not, mit der die Turbulenzen dieses Tages begonnen hatten. Die war nämlich ebenfalls verschwunden.

KÄTZCHEN
IM OFEN

Alle brachen auf. Deputy Treat hatte Pamela am Wochenende an die Küste von Maine gefahren, wo sie für den Rest der Sommerferien bei einer Schulfreundin bleiben würde. Carlotta hatte ihm Geld angeboten, aber davon hatte er nichts wissen wollen.
»Er will kein Geld«, sagte Clemmie. »Er will mit Pamela zusammen sein.«
»Du strickst noch immer an derselben Geschichte, was?«, sagte ich. »Gib's auf – aus dem Pullover wird nichts. Der Deputy hat kein Interesse. Ich hab dir doch gesagt: Er spielt in der anderen Mannschaft.«
»Werden wir ja sehen«, sagte Clemmie. »Ich überlege schon mal, was ich mit deinen hundert Dollar machen werde.«
»Die sollten Sie lieber nicht einplanen, Miss Jessup«, sagte ich.
»Tu ich aber. Ich glaube, ich verwende sie als Anzahlung für die neue Terrasse. Vielleicht rufe ich morgen mal Rory an.«
Clemmie stand am Spülbecken. Sie nahm die Zuckerschale und trocknete sie ab. Ich stand in der Tür und sah nur ihren Rücken.
»Tust du nicht«, sagte ich.

Clemmie drehte sich um. Sie hielt die Zuckerschale und das Geschirrtuch in den Händen.

»Wie gesagt«, fuhr ich fort, »ich habe nicht vor, deine alte Highschool-Flamme und die halbnackten Bodybuilder, die er beschäftigt, dafür zu bezahlen, dass sie herkommen und vor den Augen meiner Frau herumstolzieren.«

»Was für Bodybuilder?«, wollte Clemmie wissen. »Du bist ja verrückt. Das sind Studenten. Nicht mal Studenten – sie sind Schüler.«

»Je jünger, desto besser, was?«

»Pass auf, Lucian.«

»Pass du auf.«

»Ich? Ich denke, es geht um Rorys Arbeiter.«

»Es geht um eine Menge Dinge«, sagte ich. »Es geht um Rorys Arbeiter. Aber es geht auch um Rory selbst, oder? Es würde dir bestimmt gefallen, wenn Rory überall im Haus herumstapft und Nägel einschlägt. Tock, tock, tock.«

»Bist du völlig verrückt? Rory und ich? Wir waren vierzehn.«

»Tja, und damals hast du die falsche Abzweigung genommen, nicht?«, sagte ich. »Da hast du was verpasst. Du hättest zugreifen sollen, als sich die Gelegenheit geboten hat. So viel ich weiß, verdient Rory ganz gut. Du hättest ihn dir schnappen sollen – dann wären wir jetzt reich.«

»Halt den Mund«, sagte Clemmie.

»Oder warte mal«, sagte ich. »Was ist mit Loren? Loren Hinkley, dem Typen aus Dartmouth? Du erinnerst dich? Klar erinnerst du dich. Was macht Loren denn so? Vielleicht ist er ebenfalls Handwerker. Du magst Handwerker, stimmt's? Rory, Loren – wir könnten doch alle beide holen und eine Party feiern. Wie wär's?«

Clemmie machte einen Schritt auf mich zu. Ich merkte, dass

ich es vielleicht ein bisschen übertrieben hatte. Sie ließ das Geschirrtuch fallen. O-oh. »Moment«, sagte ich, »Moment mal.«
Zu spät. Clemmie holte aus, zielte und schleuderte die Zuckerschale.

Ich schloss den Safe auf, holte die .45er heraus, legte sie auf den Tisch und schob sie Cola zu, der auf dem Besucherstuhl saß. Cola nahm sie, ließ das Magazin herausgleiten, sah in der Kammer nach und sagte: »Wo sind die Kugeln?«
»An einem sicheren Ort«, sagte ich. »Also da, wo du nicht bist.«
»Aber sie gehören mir.«
»Verdammt, Cola«, sagte ich, »eigentlich sollte ich dir das Ding in den Hintern schieben, weißt du das?«
»Du und welche Armee, Sheriff?«, fragte Cola. Er schien sehr zufrieden.
»Was hast du dir eigentlich gedacht, als du diesem Mädchen eine Waffe gegeben hast?«
»Ich hab gedacht, sie sollte die Möglichkeit haben, sich zu verteidigen. Wie jeder freie Bürger.«
»Ist dir der Gedanke gekommen«, sagte ich, »dass jemand hätte sterben können?«
Cola zuckte die Schultern.
»Du bist wahrscheinlich einer von diesen Dummköpfen, die denken, wir alle wären sicherer, wenn jeder eine Waffe hätte.«
»Nicht jeder«, sagte Cola. »Nur ich.«
»Raus aus meinem Büro«, sagte ich. »Na los, mach schon.«
Cola ließ sich Zeit. Er steckte die .45er in den Gürtel und wandte sich zur Tür.

»Moment«, sagte ich. Cola blieb stehen. »Ich hab gehört, dass du und die Tierschutzlady gestern Big John über den Weg gelaufen seid. Stimmt das?«

»Wir sind ihm nicht bloß über den Weg gelaufen«, sagte Cola. »Wir haben ihn erlegt. Wir haben den Scheißkerl aus dem Verkehr gezogen.«

»Und wie habt ihr das gemacht?«

»Ein paar Jungs haben Eichhörnchen gejagt und Big John aus einer der Höhlen auf der anderen Seite des Round Mountain kommen sehen. Sie haben Millie Pickens angerufen, und die hat mich angerufen. Wir sind da raufgegangen und haben vor der Höhle gewartet. Ich hab ein paar Schüsse abgefeuert, und John kam rausgeschossen wie Lava aus einem Vulkan, schnaubend und kochend vor Wut. Millie hat ihn mit einem halben Dutzend supergroßen Betäubungspfeilen gespickt, und dann lag er da.«

»Wo ist er jetzt?«, fragte ich. »Wieder bei Herbie?«

»Herbie will ihn nicht mehr«, sagte Cola. »Er hat die Annahme verweigert. Er sagt, er hat die Schnauze voll von John und seinen Ausbrüchen. Ich hab Millie angeboten, dem Biest ein friedliches, schmerzloses Ende zu machen – was ich schon neulich zu dir gesagt hab, im Wald hinter meinem Schrottplatz. Aber Millie hat gesagt, wenn ich das täte, würde sie dasselbe mit mir machen, nur nicht friedlich und schmerzlos. Sie will ihn behalten, als Haustier.«

»Als Haustier?«

»Sagt sie.«

»Nicht zu fassen«, sagte ich. Und dann: »Seit wann steht ihr euch eigentlich so nahe, du und die Tierschutzlady? Beim letzten Mal hatte ich nicht den Eindruck, als würde es zwischen euch funken.«

»Wir sind jetzt ein Team«, sagte Cola. »Du hättest sie sehen sollen, als Big John aus der Höhle gestürmt kam. Er ist direkt auf sie zugerannt, aber sie stand nur da und hat einen Pfeil nach dem anderen in ihn reingepumpt: fupp, fupp, fupp. Genau vor ihren Füßen ist er dann umgefallen. Sie hat sich nicht gerührt. Hat sie die Stellung gehalten? Würde ich sagen. Hat die Frau Eier? Ich war beeindruckt.«

Ich weiß, bei unserem letzten Streit hätte ich Rory O'Hara aus dem Spiel lassen sollen. Und ganz bestimmt Loren Hinkley. Aber wenn man in eine Schlägerei gerät, greift man nach allem, was in Reichweite ist, und Rory war in Reichweite. Er ging mir nicht aus dem Kopf.
Er war allerdings nicht der Einzige, der mir nicht aus dem Kopf ging. Es gab noch andere. Carl Armentrout zum Beispiel. Der war selbstverständlich spurlos verschwunden. Der Nachtportier des Inn sagte, Armentrout sei in den frühen Morgenstunden abgereist, kurz nachdem seine Mietschläger auf der Holiday-Farm zu Schaden gekommen waren. Er sei von einer Frau mit einem kleinen Wagen abgeholt worden. Sie sei allein gewesen.
Tja, das musste dann wohl Evelyn gewesen sein, meine treue, tüchtige Funkerin. Es war nicht zu fassen! Evelyn hatte sich von Armentrout bestimmt gut bezahlen lassen und ihn dafür über unsere Pläne in Hinblick auf Duncan und Pamela auf dem Laufenden gehalten. Evelyn hatte alles gewusst und es an Armentrout weitergegeben. Und als der Entführungsversuch in die Binsen gegangen war, hatte sie Armentrout rechtzeitig aus der Stadt gebracht. Ich konnte es nicht glauben, aber es gab keine andere Möglichkeit. Evelyn hatte schon für das Sheriff Department gearbeitet, als ich

Wingates Nachfolger geworden war. Ich hatte immer gedacht, wir wären ein gutes Team – und jetzt hatte sie mich an diese Kröte Armentrout verkauft? Wie hatte sie mir das antun können? Man konnte glatt den Glauben an die Menschheit verlieren.
Wenigstens einer hatte seinen Spaß: Addison fand die ganze schmutzige Geschichte über Evelyns Verrat zum Totlachen.
»Mensch, Lucian«, sagte er, trat an das Tischchen, auf dem die Flaschen standen, und klopfte mir auf die Schulter, »du solltest stolz sein. Ich an deiner Stelle wäre es. Du bist eine richtig wichtige Person. Du hattest einen Maulwurf. Einen regelrechten Hinterwald-Philby.«
»Wer ist Philby?«
»Philby. Der Meisterspion. Ein Spitzenmann, der, wie man zu spät merkt, die ganze Zeit für die andere Seite gearbeitet hat. Ein Verräter, ein Schläfer, eine Fünfte Kolonne. Und das hier, in unserem Tal. Ist das die Möglichkeit?«
Addison amüsierte sich großartig. Warum auch nicht? Er musste sich nicht alle paar Jahre zur Wahl stellen, und zwar auf der Basis, dass er seinen Job gut machte und kein Volltrottel war, der sich von seiner Funkerin reinlegen ließ.

Als ich aus der Eisenwarenhandlung kam, lief ich Constance Truax über den Weg. Ich versuchte noch, ihr auszuweichen, aber nein – sie hatte mich schon gesehen. »Haben Sie eine Minute, Sheriff?«, fragte sie mich.
Ihr uralter Chevrolet Pick-up war am Bordstein geparkt, und so gingen wir hin, lehnten uns an die Heckklappe und unterhielten uns. Manchmal kommt es mir so vor, als würde ich zwei Drittel meiner Arbeitszeit damit verbringen, an irgendeinem Wagen zu lehnen.

»Ich bin froh, Sie zu treffen, Sheriff«, sagte Miss Truax. »Ich muss immer an diese beiden Leute denken, die in meinem Wald kampiert haben. Mit der Flöte? Erinnern Sie sich?«

»Natürlich«, sagte ich.

»Wer waren die?«

Ich dachte nach. Diese direkte Frage war gar nicht so leicht zu beantworten.

»Tja, wer waren die?«, sagte ich. »Junge Leute. Ausreißer, würden Sie wohl sagen. Ein Junge und ein Mädchen.«

»Von hier?«

»Das Mädchen nicht. Die war von woanders her. Der Junge war der Sohn von Buster March. Der ist von hier. Darum sind sie hergekommen.«

»Buster March?«, fragte Miss Truax. »Ich hatte in der Schule einen Buster March. Dass sein Sohn vor ihm davonläuft, wundert mich nicht.«

»Sie sind allerdings nicht vor Buster geflohen«, sagte ich.

»Vor wem dann?«

»Vor Leuten aus dem Umfeld des Mädchens. Aus der Stadt.«

»Keine netten Leute, nehme ich an.«

»Nein«, sagte ich, »keine netten Leute.«

»Haben sie sie gefunden?«

»Nein.«

»Dann sind sie also noch hier?«

»Nein«, sagte ich, »sie sind weg.«

»Das ist gut«, sagte Miss Truax. »Ich habe mir Sorgen um die beiden gemacht, müssen Sie wissen. Ich dachte, ich hätte sie vielleicht in Schwierigkeiten gebracht, indem ich Sie angerufen habe. Aber das stimmt nicht, oder?«

»Nein«, sagte ich. »Sie waren in Schwierigkeiten, aber nicht wegen Ihnen.«

»Und sind sie jetzt in Sicherheit?«
»Es sieht so aus, ja«, sagte ich.
»Ich vermisse die Musik«, sagte Miss Truax. »Die Flöte. Als die beiden da oben waren, hat mir die Musik mit der Zeit sehr gut gefallen. Und stellen Sie sich vor: Ich glaube, ich höre sie immer noch, an manchen Tagen jedenfalls. Ich glaube – ich bilde mir ein – die Flöte zu hören. Aber Sie sagen, das kann nicht sein. Sie sagen, sie sind weg.«
»Ja, Ma'am«, sagte ich. »Sie sind weg.«
Ich staunte. Constance Truax hörte tief im Wald Flötenmusik. Es war nicht Pamela, die sie da hörte, und auch sonst niemand. Vielleicht war Miss Truax zu viel allein. Vielleicht hatte sie eine Schraube locker. Vielleicht hatte sie aber auch eine Methode entdeckt, sich mit Seilhanf innere Räume zu erschließen, von denen keiner von uns etwas ahnte.

Deputy Treat wollte einen Tag frei nehmen. Er hatte ihn verdient und würde ihn bekommen, aber man musste es ihm ja nicht zu leicht machen, oder? Sollte er ruhig ein bisschen zappeln.
»Mensch, Deputy«, sagte ich, »hatten Sie nicht gerade erst einen Tag frei? Ja, natürlich. Um nach Maine zu fahren. Und jetzt wollen Sie schon wieder einen? Das hier ist eine Dienststelle, das wissen Sie, oder? Kein Kreuzfahrtschiff. Kein Hotel, in dem Sie kommen und gehen können, wie es Ihnen gefällt.«
»Das weiß ich, Sheriff«, sagte Treat. »Ich würde auch nicht darum bitten, wenn es nicht wichtig wäre.«
»Na ja«, sagte ich, »ich weiß nicht. Aber es wird schon gehen. Sie haben Ihren Piepser dabei, oder? Sie sind erreichbar?«
»Ich fürchte nein«, sagte Treat. »Ich fahre zu Pammy.«

»Zu Pammy? Aber die haben Sie doch gerade erst gesehen. Sie haben sie bis nach Maine gefahren. Und jetzt wollen Sie schon wieder zu ihr?«

»Kommen Sie schon, Sheriff«, sagte Treat. »Wir sind verlobt. Jedenfalls werden wir's sein, wenn ich zurückkomme.« Er griff in die Tasche, zog ein kleines Kästchen hervor, klappte es auf und zeigte mir einen goldenen Ring mit einem kleinen grünen Stein. »Sehen Sie?«

»Sie legen ein ziemliches Tempo vor, Deputy«, sagte ich. »Wie alt ist sie? Sechzehn?«

»Sie wird nächsten Monat achtzehn«, sagte Treat. »Wir können warten.«

Ich stand auf und streckte ihm die Hand hin. »Tja, Deputy, dann gratuliere ich und wünsche viel Glück.«

»Danke, Sheriff«, sagte Treat. »Im Namen von uns beiden.«

»Heiraten ist ein großer Schritt«, sagte ich.

»Stimmt«, sagte Treat.

»Wollen Sie einen Rat? Bleiben Sie locker. Bleiben Sie locker und vergessen Sie nicht, sich zu ducken.«

»Ist sonst noch was, Sheriff?«, fragte Treat. »Ich müsste mich nämlich langsam auf den Weg machen.«

»Nein, das ist alles«, sagte ich.

Treat wandte sich zum Gehen. »Na dann«, sagte er, »sehen wir uns in ein paar Tagen, Sheriff.«

»Hoffentlich hat Sie der Ring nicht zu viel gekostet«, sagte ich.

»Zu viel? Nein, der hat meiner Großmutter gehört«, sagte Treat. »Familienschmuck. Hat mich gar nichts gekostet.«

»*Sie* vielleicht nicht, Deputy«, sagte ich. »Aber mich hat er hundert Dollar gekostet.«

Auf der Holiday-Farm hatte ein Bagger neben den Überresten des Zuckerhauses ein Loch ausgehoben, drei Meter lang, drei Meter breit und zweieinhalb Meter tief, und es war mehr als groß genug. Ich war überrascht, wie wenig Raum das Gebäude einnahm, seit es kein Gebäude, sondern nur noch ein Haufen schwarzer Asche war. Homer hatte den Ofen, die Fenster und die unversehrten Ziegelsteine der Einfassung geborgen. Verbranntes Holz und rostige Nägel waren alles, was vom Zuckerhaus noch übrig war.

Homer und ich saßen in seinem Pick-up und sahen zu, wie Duncan March verkohlte Balken und Schindeln in das Loch warf. Mit nacktem Oberkörper und schweiß- und rußbedeckt arbeitete er stetig, zog Balken und andere große Stücke aus den Trümmern, hob sie hoch und ließ sie in das Loch fallen. Für das kleinere Zeug hatte er eine Schaufel. Wir waren schon mehrere Stunden da, und Duncan hatte keine Pause eingelegt. Er war unermüdlich.

»Sieh dir den Jungen an«, sagte Homer. »Wünschst du dir nicht manchmal, du könntest noch so arbeiten?«

»Nein, eigentlich nicht.«

»Ich auch nicht«, sagte Homer.

Homer hatte den Bagger gemietet. Das hatte ihn zwar etwas gekostet, aber er wollte, dass alles aufgeräumt war, wenn im Sommer die Musikerinnen aus Boston kamen. Er hoffte, dass sie die Nachricht gut aufnehmen würden, ahnte aber, dass sie ihnen nicht gefallen würde.

»Die Musikdamen werden sauer sein«, sagte Homer.

»Aber nicht auf dich«, sagte ich. »Du konntest nichts dafür.«

»Nein«, sagte Homer. »Ich werd's wohl auf die beiden Vögel aus der Stadt schieben.«

»Oder auf Big John«, sagte ich.

»Gute Idee«, sagte Homer. »Das werde ich tun.«
Duncan hielt inne. Er zog ein Taschentuch aus der hinteren Hosentasche und wischte sich Stirn, Hals und Brust ab.
»Der Junge lässt nach«, sagte Homer.
»Er ist fast fertig«, sagte ich.
So war es. Als Duncan so viele Trümmer wie möglich in das Loch geworfen hatte, kam wieder der Bagger zum Einsatz. Er schob den Rest mit dem Planierschild in das Loch und füllte es dann mit dem Aushub. Es entstand ein kleiner Hügel, auf dem Homer Gras säen würde. Das war's. In tausend oder zehntausend Jahren würde es sein, als hätte das Zuckerhaus nie existiert.

»Weißt du was?«, sagte Wingate. »Ich bin zu dem Schluss gekommen, dass du recht hattest.«
»Könnte ich das schriftlich haben?«, sagte ich. »Ich würde es gern Clemmie zeigen. Die sagt nämlich, ich habe nie recht.«
»Nein«, sagte Wingate. »Für deine Ehe bist du allein zuständig. Da mische ich mich nicht ein.«
»Und womit hatte ich recht?«, fragte ich ihn.
Ich fuhr Wingate für seinen Check-up zum Krankenhaus. Er konnte inzwischen selbst mit Stock kaum noch laufen. Davon abgesehen, behauptete er, sei mit ihm aber alles in Ordnung. Zu diesen Untersuchungen gehe er nur, um zu sehen, wer da sei. Die Besetzung dort interessierte ihn.
»Das letzte Mal«, sagte Wingate, »sah der Arzt aus, als wäre er ungefähr zwölf. Er war aus Indien.«
»Tatsächlich? Aus welchem Teil von Indien?«
»Weiß ich nicht«, sagte Wingate. »Ich weiß nicht, aus welchen Teilen Indien besteht. War ein sehr netter junger Bur-

sche. Hat geredet wie der König von England und sich sehr viel Zeit für mich genommen. Er hat gesagt, ich soll weiterhin tun, was immer ich so tue. Ich hab ihn gefragt, was er damit meint, und er hat gesagt, er weiß zwar nicht, was ich tue, aber es scheint zu funktionieren, weil ich ja immer noch lebe und so. Er hat gesagt, ich kann noch jahrelang so weitermachen.«
»Und das hast du auch vor, oder?«
»Worauf du dich verlassen kannst.«
»Was fängst du mit all der Zeit an?«, fragte ich.
»Ich werde mich mit Heimatgeschichte beschäftigen«, sagte Wingate, »bevor alles vergessen und verloren ist. Die Leute erinnern sich ganz falsch. Ich selbst auch. Das habe ich gemeint, als ich gesagt habe, du hattest recht. Als wir damals zur alten Metcalf-Farm auf dem Beer Hill wollten, sind wir nur bis zu dem Erdrutsch gekommen, stimmt's?«
»Ja«, sagte ich.
»Wir hätten von der anderen Seite kommen sollen«, sagte Wingate. »Von Garlands. Wir hätten von Süden rauffahren sollen, nicht von Norden. Wir sind nicht an der Metcalf-Farm vorbeigefahren. Es war, wie du gesagt hast: Die Farm war gar nicht da.«
»Aber du hast doch gesagt, dass du jahrelang dort gejagt hast.«
»Stimmt«, sagte Wingate.
»Dann musst du die Gegend doch kennen.«
»Tue ich auch«, sagte Wingate. »Aber die Sache ist: Mein altes Hirn ist nicht mehr das, was es mal war. Es ist nicht so, dass ich *vergesse*. Nein, gar nicht. Ich erinnere mich klar und deutlich an alles Mögliche. Aber ich erinnere mich nicht immer, wo es hingehört. Ich erinnere mich nicht immer, an

welchem Ende ich anfangen muss. Verstehst du, was ich meine?«

»Ich bin mir nicht sicher«, sagte ich.

»Irgendwann wirst du's verstehen«, sagte Wingate. »Und noch was: Ich war nicht nur hier im Tal auf der Jagd. Ich hab mein Leben lang überall in dieser Ecke des Bundesstaats gejagt, und soll ich dir was sagen? Im Lauf der Zeit sehen diese Wälder alle gleich aus.«

»Du klingst wie Carlotta«, sagte ich.

»Wer ist Carlotta?«

»Eine Freundin von Addison«, sagte ich.

»Addison? Ah, Jessup, der Anwalt.«

»Aber«, fuhr ich fort, »wenn du sagst, die Wälder sehen alle gleich aus – vielleicht liegt das nicht an den Wäldern.«

»Sondern?«

»Vielleicht daran, dass du alt wirst.«

»Ich?«, sagte Wingate.

Dwight Farrabaugh und ich setzten uns bei Humphrey in eine Nische. Er habe im Tal zu tun, hatte Farrabaugh gesagt, und wolle mich auf einen Doughnut einladen. In Wirklichkeit handelte es sich um eine Goodwill-Mission. Er wollte etwas wiedergutmachen. Was mich betraf, kam das keinen Augenblick zu früh.

Dwight sah sich um: Decke, Wände, die Ecken.

»Ich bin schon seit ein paar Jahren nicht mehr hier gewesen«, sagte er. »Irgendwas ist anders. Aber was?«

Er hatte recht. Humphrey hatte sein Dekor ausgetauscht: Pearl Harbor, die Morde, das World Trade Center waren verschwunden. Bei einer Haushaltsauflösung hatte er einen Karton mit fix und fertig gerahmten Titelseiten der *Saturday*

Evening Post aus den guten alten Zeiten entdeckt. Nun sah man hier nichts als lächelnde Schulkinder, gütige Ärzte, Lehrer und Polizisten, fröhliche Familien beim festlichen Thanksgiving- oder Weihnachtsessen, glückliche Hunde und Katzen – eine friedliche, sichere, zufriedene Welt zierte die Wände, an denen bis vor kurzem noch Bilder von Tod, Zerstörung und menschlicher Barbarei gehangen hatten.

»Humphrey hat seinem Laden einen neuen Look verpasst«, sagte ich.

Dwight nickte. »Wie man sieht.«

»Gefällt's dir?«, fragte ich ihn.

»Ich weiß nicht«, sagte Dwight. »Die Touristen mögen es wahrscheinlich.«

»Wo wir gerade von Touristen reden«, sagte ich. »Ich hab gar nichts mehr von unseren beiden Besuchern neulich gehört – Mendes und Bray.«

»Du meinst O'Rourke und Schmidt?«, fragte Dwight.

»O'Rourke und Schmidt?«

»Das sind ihre richtigen Namen«, sagte Dwight. »Ich berichtige: ihre *neuen* richtigen Namen, die neuesten richtigen Namen, die wir kennen. Wahrscheinlich gibt's noch andere.«

»Ich hab jedenfalls nichts mehr von ihnen gehört, unter welchem Namen auch immer.«

»Was hast du denn erwartet?«

»Wo sind sie? In Untersuchungshaft? Ist ein Gerichtstermin angesetzt?«

Dwight lachte. »Gerichtstermin? Warum sollte es einen Gerichtstermin geben?«

»Sie werden nicht vor Gericht gestellt?«

»Wegen was denn? Nein, sie werden nicht vor Gericht gestellt, sie werden ausgewiesen. Wir haben sie sofort an die Einwanderungsbehörde übergeben. Wo sie jetzt sind? Ich habe keine Ahnung. Hoffentlich weit weg.«

»Und was ist mit diesem Anwalt – Armentrout? Er hat die beiden angeheuert, er ist derjenige, den ihr euch greifen müsst. Ist er auch weit weg?«

»So gut wie«, sagte Dwight. »Um den haben wir uns als Erstes gekümmert. Er hat jede Menge Zeugen, die aussagen, dass er während der ganzen Zeit, in der er, wie du sagst, hier oben war und schlimme Dinge getan hat, an einem Juristenkongress in Los Angeles teilgenommen hat.«

»Das heißt, wir rennen im Kreis herum und haben am Ende gar nichts. Habe ich es in etwa richtig zusammengefasst, Captain?«

»Es wäre nicht das erste Mal, oder? Ach, komm, Lucian, lass den Kopf nicht hängen.«

»Es ist ja auch nicht das erste Mal, dass ihr kommt und mir in meinem Bezirk was aus der Hand nehmt«, fuhr ich fort. »Das geht mir gegen den Strich, Captain.«

Wieder lachte Dwight. »Das weiß ich, Lucian. Und ich kann dich verstehen. Aber wir alle müssen unsere Arbeit machen, oder? Wir machen die Arbeit, die wir haben, nicht die, die wir nicht haben, nicht die von anderen. Okay?«

»Nein, nicht okay.«

»Kopf hoch«, sagte er. »Bald geht's dir wieder besser. Ich muss jetzt los. Iss deinen Doughnut.«

Carlotta Addison und ich standen am Rand der großen Heuwiese hinter dem Inn und betrachteten den Himmel im Süden. Außerdem war da noch ein junger Bursche aus dem Inn, der Carlotta mit ihrem Gepäck helfen sollte. Es war neun Uhr morgens. Carlotta würde gleich abreisen. Ihre Koffer waren gepackt. Sie hatte mit Addison gefrühstückt – zu Abend essen würde sie in Paris. Damit war das Paris in Frankreich gemeint.

»Behalten Sie ihn im Auge, Sheriff«, sagte Carlotta und wies auf Addison. »Ich fürchte, er entwickelt sich langsam zum Eingeborenen.«

»Was heißt hier *entwickelt sich?*«, sagte Addison. »Ich *bin* ein Eingeborener. In dem Haus geboren, in dem ich wohne. Auf dem Küchentisch. Noch eingeborener geht's nicht.«

»Noch *eingeborener?*«, fragte Carlotta. »Wie du schon redest! Sieh dich vor, mein Lieber. Du kennst ja den alten Witz: Kätzchen, die im Ofen zur Welt kommen, sind deswegen noch lange keine Plätzchen. Früher hast du dich wenigstens korrekt ausgedrückt. Ich meine, wann war das letzte Mal, dass du dieses Tal verlassen hast?«

»Vorgestern«, sagte Addison. »Ha! Was sagst du jetzt?«

»Und wo warst du da?«

»In Brattleboro.«

»Wie weit ist das entfernt?«

»Zwölf, fünfzehn Kilometer.«

»Und wann bist du davor so weit weg gewesen?«

»Weiß ich nicht mehr«, sagte Addison.

»Das hab ich gemeint, Darling«, sagte Carlotta.

Addison lachte. »Na gut, Lottie, du hast gewonnen. Aber hier gibt's keine Plätzchen, nur unkorrekte Ausdrucksweisen. Ich wünschte, du würdest bleiben. Wir würden noch eine richtige Vermonterin aus dir machen.«

Carlotta lächelte. »Wohl kaum«, sagte sie.

Wir sahen auf. Im Süden kam brummend und knatternd ein Hubschrauber in Sicht. Er überflog die Bäume, schwebte kurz über uns, umkreiste einmal und noch einmal die Wiese und landete unbeholfen. Die Rotoren drehten sich langsamer und kamen zur Ruhe. Plump und fremdartig stand das Ding auf seinen Kufen da und sah aus wie ein riesiger Grashüpfer mit einem Quirl auf dem Rücken.

»Tja, dann«, sagte Carlotta. Sie umarmte Addison und gab mir ein Küsschen auf die Wange. Dann nahm sie ihr Handgepäck und ging zum Hubschrauber. Der Hotelbursche folgte ihr mit einer Schubkarre, in der die schweren Koffer und Taschen lagen.

Als Carlotta sich dem Hubschrauber näherte, öffnete sich die vordere Tür, und ein Mann mit Helm und Overall kletterte heraus und breitete die Arme aus. Sie umarmten einander. Dann stieg sie ein, der Mann ebenfalls. Die Türen wurden geschlossen, und die Rotoren setzten sich schwerfällig in Bewegung.

»Carlotta scheint den Piloten zu kennen«, sagte ich.

»Das war nicht der Pilot«, sagte Addison.

Ich sah genauer hin. Der Mann saß rechts neben dem Piloten und blickte durch das Seitenfenster über die Wiese zu uns. Er blickte mich an. Ich glaubte, ihn nicken zu sehen. Ich nickte nicht. Ich wollte, dass er von hier verschwand. Ich mochte ihn nicht – für ihn, sein Geld, seine Macht, seine Freunde, sein Leben war kein Platz in meinem Tal.

Der Hubschrauber erbebte, neigte sich nach vorn und hob ab. Der Wind der Rotorblätter wehte uns ins Gesicht. Der junge Bursche vom Inn hatte sich zu uns gesellt. Er war aufgeregt. »So ein scharfes Gerät hab ich noch nie aus der Nähe gesehen«, sagte er. »Der Hammer, oder?«

Addison sah erst ihn und dann mich an. Er hob die Augenbrauen und schüttelte den Kopf.

»So was leg ich mir irgendwann auch mal zu«, sagte der Junge.
»Ganz bestimmt«, sagte Addison. Wir drei sahen zu, wie Rex Lord und seine Passagierin abhoben, an Höhe gewannen, schwenkten und hinter den Baumwipfeln verschwanden.

EPILOG

Clemmie steckte den Finger unter das Schulterriemchen ihres Nachthemds und zog es hoch. Dann rutschte sie mit dem Hintern zum Kopfteils unseres Betts, so dass sie aufrecht saß und den Entwurf an die angewinkelten Knie lehnen konnte. Sie schob die Brille von der Nasenspitze hinauf.
»Hier«, sagte sie, »und hier und hier und hier.«
»Ja«, sagte ich. Ich lag neben ihr.
»Das sind die Fundamente«, sagte Clemmie. »Es sind Betonrohre. Rory sagt, wir brauchen wahrscheinlich weitere vier – das hier ist bloß ein Entwurf.«
»Vier oder acht – was macht das schon?«, sagte ich. Unter der Decke gab Clemmie mir einen Rippenstoß.
»Wie viele Leute braucht Rory?«, fragte ich sie.
»Drei.«
»Ach, komm«, sagte ich. »Bloß drei? Das ist aber keine richtige Show. Sag Rory, er soll mindestens sechs oder sieben mitbringen.«
Clemmie überhörte das. Sie stieß mich nicht, sie ging nicht auf die Palme, sie griff nicht nach einem Wurfgeschoss. Sie hatte anderes zu tun. Außerdem war gerade kein geeignetes Wurfgeschoss zur Hand. Sie blätterte in Rorys Plänen und

zeigte mir ein anderes Blatt, auf dem Pfosten, Balken, Platten und der ganze Rest eingezeichnet waren.

»Siehst du?«, sagte Clemmie.

»Das ist keine Terrasse«, sagte ich. »Das ist eine Veranda.«

»Genau. Rory sagt, wenn man erst die Fundamente und den Unterbau hat, kann man ohne weiteres Pfosten montieren. Dann macht man noch ein Dach darüber, und schon hat man eine richtige Veranda. Viel schöner als eine Terrasse. Und leicht zu bauen. Ist nichts dabei, sagt Rory.«

»Klar sagt Rory das. Er muss es ja nicht bezahlen.«

»Du auch nicht«, sagte Clemmie.

»Nicht? Wer dann?«

»Daddy hat gesagt, er schenkt uns die Veranda zum Hochzeitstag.«

»Unser Hochzeitstag ist aber im März«, sagte ich.

»Soll ich also dankend ablehnen?«

»Das hab ich nicht gesagt. Lass mich darüber nachdenken.«

»Na gut«, sagte Clemmie. »Aber denk schnell.«

»Wenn ich's mir recht überlege«, sagte ich, »wäre es vielleicht ganz schön, einen Platz zu haben, wo ich sitzen und meine Memoiren schreiben kann.«

»Du schreibst deine Memoiren?«, fragte Clemmie.

»Noch nicht.«

»Wann denn?«

»Nach der nächsten Wahl«, sagte ich.

Clemmie legte sanft die Hand auf meine Brust. »Ach, Schätzchen«, sagte sie, »du bist noch immer niedergeschlagen wegen Evelyn, das ist alles. Du wirst die nächste Wahl gewinnen wie all die anderen. Alle kennen dich. Alle vertrauen dir. Alle mögen dich.«

»Nicht alle«, sagte ich.

Clemmie ließ die Zeichnungen von ihrem Schoß rutschen; sie fielen raschelnd auf den Boden neben dem Bett. Sie nahm die Brille ab und legte sie auf den Nachttisch. Sie klopfte ihr Kissen zurecht, streckte sich aus und wandte sich zu mir.

»Doch«, sagte sie. »Und außerdem: Wen sonst sollten sie denn wählen?«

»Die Frage geht zurück an dich«, sagte ich.

INHALT

Rhumbas Deeskalation 7
Quellen 17
White Horse 27
Seilhanf 34
Big John 43
Bei Humphrey 51
Romeo und Julia 58
Schwergewichte 65
Kind des Tals 73
Das Hideaway 83
Muskelschmalz 90
Die Wette 97
Kampfzone... 105
Häuser im Wald 116
Busters Deeskalation 129
Drei Wochen in Philadelphia 138
Ein Haufen Asche 150
Kätzchen im Ofen 162
Epilog 180